人文阅读与收藏·良友文学丛书

舒乙题

原丛书主编：赵家璧

特邀顾问：舒　乙　赵修慧　赵修义　赵修礼　于润琦

出 品 人：马连弟
监　　制：李晓琤
执　　行：张娟平
统　　筹：吴　晞　姚　兰
装帧设计：赵泽阳

特别鸣谢（按姓氏笔画排列）：
韦　韬　叶永和　李小林　沈龙朱　陈小滢　杨子耘
张　章　周　雯　周吉仲　舒　乙　蒋祖林　施　莲
姚　昕　俞昌实　钟　蕻　郑延顺　赵修慧
以及在版权联系过程中尚未联系到的作者或家属

特别鸣谢：
上海鲁迅纪念馆
北京鲁迅博物馆
北京大学中国语言文学系
复旦大学中国语言文学系
中国作家协会权益保障委员会

人文阅读与收藏·良友文学丛书

参差集

侍桁 著

中国国际广播出版社

良友版《参差集》精装本封面

良友版《参差集》精装本护封

良友版《参差集》扉页

良友版《参差集》内文

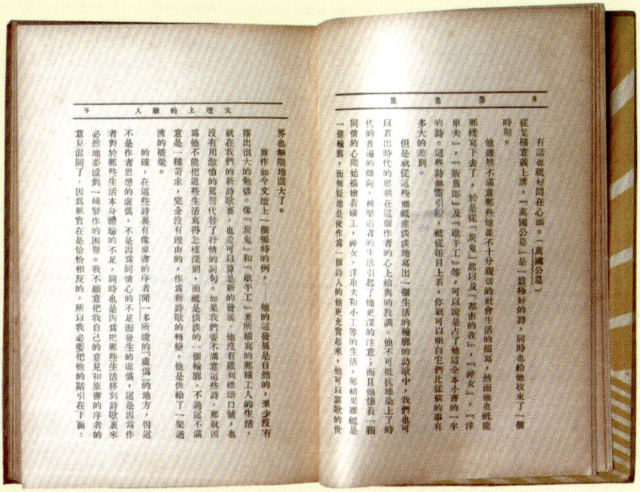

8　參差集
有話也祇好悶在心頭。（萬國公墓）
從某種意義上講，『萬國公墓』是一篇極好的詩，同時也給他收束了一個
時期。
他雖然不滿意那些他並不十分親切的社會生活的描寫，然而他也祇能
那樣寫下去了，於是從『炭鬼』起以及『都市的夜』，『神女』，『洋
車夫』，『販魚郎』及『礦下工』等，可以說是占了他這全本小書的一半
的詩。這些詩無需引証，祇從題目上看，你就可以明白它們比從前的事有
多大的差別。
但是就從這些應祇淡淡地寫出一個生活的輪廓的詩歌中，我們也可
以看出時代的思潮在這個作者的心上給與的教訓。他不可抵抗地染上了時
代的普遍的傾向，被壓迫者的生活引起了他更深的注意；而且他懷着一顆
同情的心開始描摹着礦工，神女，洋車夫和小工等的生活，那結果雖祇是
一個輪廓，而無疑地是使作爲一個詩人的他更充實起來，他可以謳歌的世
文壇上的騎人　9
界也無限地擴大了。
算作如今文壇上一個獨特的例，——他的這發展是自然的，至少沒有
露出很大的勉強。像『炭鬼』和『礦下工』裏所描寫的那種工人的生活，
就在我們的新詩歌裏，也還可以算是新的發展，他沒有應用標語口號，也
沒有用激憤的叫囂代替了抒情的詞句。如果我們要不滿意這些詩，那就因
爲他不能把這些生活寫得怎樣深刻，而祇是淡淡的一個輪廓，不過這不滿
意是一種苛求，完全沒有理由的，作爲新詩歌的轉變，他是供給了一架過
渡的橋梁。
的確，在這些詩裏有像原書的序者聞一多所說的『虛僞』的地方，但這
不是作者思想的虛僞，不是因爲同情心的不足而發生的虛僞，這是因爲作
者對於那些生活本身體驗的不足，同時也是因爲把那些生活移到詩歌裏來
必然地要感到一種製作的困難。我不願意把我自己的意見和原書的序者的
意見混同了，因爲那實在是恰恰相反的，所以我必要把他的話引在下面：

《良友文学丛书》新版出版说明

二十世纪三四十年代，著名编辑赵家璧在上海良友图书公司老板伍联德的支持下，历经十余年，陆续出版《良友文学丛书》，计四十余种。其中三十九种在上海出版，各书循序编号，后出几种则无。该套丛书以收入当时左翼及进步作家的作品为主，也选入其他各派作家作品。其中小说居多，兼及散文和文艺论著；第一号是鲁迅的译作《竖琴》。丛书一律软布面精装（亦有平装普及本），外加彩印封套，书页选用米色道林纸，售价均为大洋九角。

《良友文学丛书》选目精良，在现在看来，皆为名家名作；布面精装的装帧更是被许多爱书人誉为“有型有款”。不可否认，在装帧设计日益进步的当下，这套出版于二十世纪三四十年代的丛书外形已难称书中翘楚，但因岁月洗汰，人为毁弃，这套曾在出版史上一度“金碧辉煌”过的丛书首版已然成为新文学极其珍贵的稀见“善本”。

在《良友文学丛书》首版八十周年之际，为满足现代普通读者和图书馆对该丛书阅读与收藏的需求，我们依据《良友文学丛书》旧版进行再版（四种特大本不在其列）。本着尊重旧版原貌的原则，仅对旧版中失校之处予以订正。新版《良友文学丛书》采用简体横排的形式，以旧版书影做插图，装帧力求保持旧版风格，又满足当下读者的审美趣味。希望这一出版活动对缅怀中国出版前辈们的历史功绩和传承中国文化有所裨益，也希望广大读者多提宝贵意见和建议，以便我们把日后的工作做得更好。

《良友文学丛书》新版校订说明

一、本丛书收录原良友图书公司编辑赵家璧主编《良友文学丛书》共四十六种（四种特大本不在其列），乃为目前发现且确系良友版之全部。

二、此番印行各书，均选择《良友文学丛书》旧版作为底本，编辑内容等一律保持原貌，未予改窜删削。

三、所做校订工作，限于以下各项：

（1）将繁体字改为简体字；

（2）原作注释完全保留；

（3）尽量搜求多种印本等资料进行校勘，并对显系排印失校者在编辑中酌予订正；

（4）前后字词用法不一致处，一般不做统一纠正；

（5）给正文中提到的书籍和文章及其他作品标上书名号，原作书名写法不规范、不便添加符号者，容有空缺；

（6）书名号以外其他标点符号用法，多依从作者习惯，除个别明显排印有误者外均未予改动。

参差集序

首先我想说明这书名的来源。几篇杂凑起来的文章，想给它们寻一个大题目，实在是一件难事；我特别地不精于此道。现今这个看来十分文雅的书名，绝非自撰，应当感谢暨南大学教授曹礼吾先生。一封请教的信发出之后，果然不久就有回信了，虽然那信里先是一大段客气，但是并未交来白卷，“……尊集我以为可题《参差集》，或《不傥集》，怎见得，有文为证：

庄周……以谬悠之说，荒唐之言，无端崖之辞，时纵恣而‘不傥’，不以觭（一端）见之也。……其辞虽‘参差’，而諔诡可观，彼其充实，不可以已。——《庄子·天下篇》

不傥，成玄英释作不偏党，其实也可以释作‘并非偶然，确有所见’。参差成云‘或实或虚’，尊著有大议论，也有小议论，是一种参差；有长文章，也有短文章，又是一种参差；有私人家论难的，是因为意见的参差。

世界上因为有参差才有缺陷，才有人生的一切活动，所以我以为‘参差’较‘不傥’好。……”

起一个书名顾到这许多，我想足够了，于是就尊重这位饱学的教授的意见，采用了《参差集》。

这集子里所收集的文章，大抵都是一九三四年之作，虽非全部也差不多了。我从一九三四的下半年就从事翻译丹麦勃兰兑司的《十九世纪文学之主潮》，所以很少有单篇的文章发表，甚至有许多指摘我过去的意见的，而非与以表示不可的文章，我都没有功夫答覆。

现在趁着这收集旧作的机会，我想把有关的一两篇文章，约略加以剖白。

《文坛上的新人》一文，大概是在我所有的文章中，最被人误解的一篇，这罪名一半是由我自己所引起，因为我未能按照我所预约地写完了的缘故。但预备介绍六个人，而终于只写出三个人者，自有我的苦衷，所以当时在那半篇文章之后，我附了一个声明，对杂志编者，读者以及要论而未论的作家们道歉并说明理由。可是有些人觉得这是攻击的好机会，不肯放松过去，于是陈君冶君便英勇地出马了。在《新语林》第一期上就有着此君的一篇《关于沙汀作品底考察》。那开头是这样地写着：

参差集序 3

侍桁先生发表于《现代》杂志上的《文坛上的新人》最初曾预定写六位新人，但他在只写了臧克家，徐转蓬，沙汀三位之后，就因故而“搁笔”了，我在此无须忖度他不写下去的用意，也无须追究他之所以欲著作这篇文章的原因，那些事不一定要由我去揭发的。……

“无须忖度……无须追究……不一定要由我……”这些吞吞吐吐的字眼是用得多么圆滑，而且是暗示了作者的怎样地宽大！不过这种特殊的才干，若用一句北方土话来说，那就是“硬栽钉子”的本领，是有着连绍兴师爷也运用不出来的笔法。

在论沙汀的那篇文章里，我曾引用了吉尔波丁的一段话，那只不过是为了说明上的便利而已，可是这最惹怒了一些新姿态的英雄们。那位陈君就说“这是一种借着最漂亮的语句来进行他最危险的进攻的掩蔽”；而在《文学新地》上另一位英雄就说我挂着马克斯主义的旗号在招摇！总之苏俄的理论家吉尔波丁的话，我是没有资格引用的，那在中国早已经有了专买权的特许了。

无论这些战士们怎样挑拨，怎样对着广大的读者之群作着恶意的宣传，我必得声明，我未攻击沙汀，也并未借着沙汀的一例而攻击新写实主义。我像怀着鼓助的精神写臧克家和徐转蓬一样地，写了论沙汀，但我不能不同样地指摘出他的缺欠。我说他“是作为新写实主义误谬的途径而表现出来”的，也并非攻击全部的新写实主义，如果说沙汀的这例在许多场合上，是作为新写实主义的误谬的途径，那么新写实主义还是有着正确的路径的。我想陈君若不是“故意地歪曲”，那也真是一个笨伯了，连旁人的文章也没有看懂，便告奋勇写什么批评，这真是一件可怕的事呢！

其次，就是《关于现实的认识与艺术的表现》那篇文章的事了：因为那是普通所谓的“笔战”，所以也只得将对方的话一字不改附在后面。最初我本不想收集起来的，但看到《人间世》第六期这位对战者的《不惊人集前记》里如下的一段话：

> 我……有时也瞎七瞎八地谈谈文艺，有一回，竟和一位批评家冲突了起来，动了几次所谓“笔战”，但我马上退却了，按照谁作最后一篇文章谁就胜利的规矩，我让那位批评家奏了凯旋。事后我还写信给某先生，请他判断我的意见的是非。

我才晓得那位先生之所以不继续再写下去，原来是有意地让我“奏了凯旋”，这真不能不说是一种光荣，所以我决心把它们收在这集子里，像他“事后……写信给某先生”一样地，我在请求大众读者的判断。

看过那些吵嘴文章的读者，一定会觉得那无论如何在双方的态度上还不失为一次真诚的辩论，谁的话达到最后的真理，似乎也不是什么了不得的大事，在理亏的一方面，也没有什么羞愧的，而事后竟说出“按照谁作最后一篇文章谁就胜利的规矩，我让那位批评家奏了凯旋”这种话，真是露出了十足的小丑的姿态！

那“笔战”还没有完全达到最后的发话，因为当时《自由谈》的编者最初将我的第二次的答辩退回（因为太长的缘故!），其次又自悔太不公正索回原稿发表，可是一再对我声明篇幅有限，所以我只得以几百字的回信作了一个收束，我已经准备下只听对方的意见，自己不再讲话了，谁知对方却客气万分，终于“让那位批评家奏了凯旋”！

关于这次的论战，我想只提醒读者注意一点，即：完全以普通常识的见解作着文艺问题的讨论，那是怎样地不着边际，而其立论前后是怎样地矛盾！事过之后我觉得，我宛如陪了一个莫名其妙的孩子争了一场，而那个孩子还真是一个不堪造就的孩子，称之为小坏蛋，大概不为过份吧！

紧随着这篇论争，我插进了《泰纳的艺术哲学》一篇介绍，因为那位常识的文艺论者，说他是唯物论的，我是唯心论的，所以我请出这位最初的唯物论的艺术学者的理论，教他们互相对照一下，看看前者是怎样程度的唯物论者吧。

一九三五年二月

目　次

文坛上的新人

我曾想写一篇关于一九三三年在文坛上活跃的新起的作家作一个考察，题名就定作“一九三三年的新人”，但是以一年的限度，容易惹起读者的误解，以为这被讨论的作家，是只在一九三三年才出现的，而实际上我所想介绍的作家，又绝对没有这样的例，于是就改成如今的这个题目；但我的论题还只是限于过去一二年间的作品的。

而且现在为着自己的能力所限，暂时只能论及三个作家，那便是臧克家，徐转蓬和沙汀。

臧克家

一本小小的题名《烙印》的诗集，是写着这个作家的名字。这本小书里包含着二十二首诗，使我们有充分的证据，承认那是作家的生活的“烙印”，他自己也毫不隐讳地说：

痛苦在我心上打个烙印，
刻刻警醒我这是在生活。(《烙印》)

无疑地，是因为在生活上感到了痛苦，他才写了这些诗，因此从诗里反映出来的作者的生活是阴暗的生活，那不独使他自己怕，使看了的人也打冷战：

我嚼着苦汁营生，
像一条吃巴豆的虫，
把个心提在半空，
连呼吸都觉得沉重。(《烙印》)

活在这生活里的人他比作以“苦汁营生”的“吃巴豆的虫”，但从旁观者看来，他好像是作茧自缚的蛹。可惜我不理解他的私生活，不能以他的生活的事件来做证，我只知道他还是一个青岛大学的学生，这只能使我们没有充分的根据当作一般的例来想像了。

一个青年的学生，还没有看清实际的世界，可是他那诗人的锐敏的神经，已经颇能使他对于周围的社会感到不安。于是他感到了生活的苦痛，就是他周围的那些单纯的孩子气的小别扭或恶作剧，他都忍受不了，他认定那是：

一万支暗箭埋伏在你周边，
伺候你一千回小心里一回的不检点。(《生活》)

但我们不能承认这就是作者生活上的真实的苦痛，那一半是缘于一般青春时的自然的苦闷，一半也是缘于对于未来生活的悬虑，这些，无论他怎样认真地当作真实的痛苦而处理，也唱不了许多的歌；他焦急着要找一个敌人作对象，先使生命力兴盛起来，露出战士的容貌，出现在生活里。然而谁是他的敌人呢？——他捉握不到一个具体的东西！但是正好一次民族的大事件激动了他，而且供给他一个仇敌的对象，于是他唱道：

应当感谢我们的仇敌。
他可怜你的灵魂快锈成了泥，
用炮火叫醒你，
冲锋号鼓舞你，
把刺刀穿进你的胸，
叫你红血绞着心痛，你死了，
心里含着一个清醒。(《忧患》)

他的这假想敌人不是他一个人的，那是我们整个民族的敌人，人类的敌人。看写《忧患》的年月，那正是一九三二年三月，当上海一二八我们民族的大灾难不久之后的时候，他所说的“炮火”或“冲锋号”无疑是日本人发来的。但那对于作者的自身，只是一个巨大的刺激而已，可是这刺激却战胜了他私人生活的一切的苦痛，只是把它矇眬地写成了个人的仇敌，他更适意地抒发了自己的愤慨。不过这刺激没有持续多久，他的周围的人们和他同样地渐渐冷下来，他所想像的，那：

一只手用上力，
推你到忧患里，
好让你自己去求生，
你会心和心紧靠拢，组成力，
促生命再度的向荣。(《忧患》)

事实明白地告诉我们，这伟大的历史的事件并没有警醒这受着几重压迫的近乎麻木的民族，没有使我们民族的心“紧靠拢”，“组成力”，更不能促那吃巴豆的虫的生命，再度地向荣。这时他的失望是必然的了，而这失望对于他都是有益的，使他的眼界更为阔展，以对于整个的民族的悬虑，压倒了他个人的痛苦，他在气愤失望之下，比这个民族为一匹“老马”，一匹麻木不仁忍受一切痛苦毫无抵抗的老马：

总得叫大车装个够，

他横竖不说一句话，
背上的压力往肉里扣，
他把头沉重的垂下——（《老马》）

气愤和失望的程度是和那刺激的程度成了正比例，不久就冷却了。可是从此时代好像对他下了教训，他再不能自叹自怨了，把个人的生活更多地移转到社会里来，他渐渐忘却自己，成了一个社会的观察者，以诗人敏感的心，想像着旁人的生活的痛苦了。然而他会感到认识和体验的不足，他充其量只能画出一个生活的轮廓，远不如他抒发自己的情感那么自然，那么亲切，所以他仍然不肯放手他的老调子，像《万国公墓》该是这时的诗。虽然那哀伤是染了一层更深的灰色，但已经不见个人的痛苦的挣扎，他的悲诉是旁观者的悠闲的了：

你们也曾活在世界上，
曾经是朋友或是仇敌，
现在泥封了各人的口，
有话也只好闷在心头。（《万国公墓》）

从某种意义上讲，《万国公墓》是一篇极好的诗，同时也给他收束了一个时期。

他虽然不满意那些他并不十分亲切的社会生活的描

写，然而他也只能那样写下去了，于是从《炭鬼》起以及《都市的夜》，《神女》，《洋车夫》，《贩鱼郎》及《歇午工》等，可以说是占了他这全本小书的一半的诗。这些诗无需引证，只从题目上看，你就可以明白它们比从前的事有多大的差别。

但是就从这些他只能淡淡地写出一个生活的轮廓的诗歌中，我们也可以看出时代的思潮在这个作者的心上给与的教训。他不可抵抗地染上了时代的普遍的倾向，被压迫者的生活引起了他更深的注意；而且他怀着一颗同情的心开始描绘着矿工，神女，洋车夫和小工等的生活，那结果虽只是一个轮廓，而无疑地是使作为一个诗人的他更充实起来，他可以讴歌的世界也无限地阔大了。

算作如今文坛上一个独特的例，——他的这发展是自然的，至少没有露出很大的勉强。像《炭鬼》和《歇午工》里所描写的那种工人的生活，就在我们的新诗歌里，也还可以算是新的发展，他没有罗列标语口号，也没有用激愤的骂詈代替了抒情的词句。如果我们要不满意这些诗，那就因为他不能把这些生活写得怎样深刻，而只是淡淡的一个轮廓，不过这不满意是一种苛求，完全没有理由的，作为新诗歌的转变，他是供给了一架过渡的桥梁。

的确，在这些诗里有像原书的序者闻一多所说的“虚伪”的地方，但这不是作者思想的虚伪，不是因为同情心的不足而发生的虚伪，这是因为作者对于那些生活本身体验的不足，同时也是因为把那些生活移到诗歌里来必然地要感到一种制作的困难。我不愿意把我自己的意见和原书的序者的意见混同了，因为那实在是恰恰相反的，所以我必要把他的话引在下面：

> 所谓有意义的诗，当前不是没有。但是，没有克家自身的“嚼着苦汁营生”的经验，和他对于这种经验的了解，单是嚷嚷着替别人的痛苦不平，或怂恿别人自己去不平，那至少往往像是一种“热气”，一种浪漫的姿势，一种英雄气概的表演，若更往坏处推测，便不免有伤厚道了。所以，克家的最有意义的诗，虽是《难民》，《老哥哥》，《炭鬼》，《神女》，《贩鱼郎》，《老马》，《当炉女》，《洋车夫》，《歇午工》，以及《不久有那么一天》和《天火》等篇，但是若没有《烙印》和《生活》一类的作品作基础，前面那些诗的意义便单薄了，甚至虚伪了。

他虽然也说如《炭鬼》，《老马》和《歇午工》等诗是最有意义的，而不承认那是有独自存在的价值，没有《生活》或《烙印》等篇，那些诗的意义便单薄或虚伪了。这话是充分地表示出一个 dilettante 对于文学的态度，意见完全是误谬的。

如果我们也把《生活》和《烙印》看为一类，把《炭鬼》和《歇午工》看为另外的一类的话，那后者更不比前者的意义单薄或虚伪，反之，说为更充实也未为不可的！

在他的全部的诗里，都响着情感和调子的不调和，他的词调以及他的诗句的用法是显然地遗留着徐志摩的影响，而且这影响很深，自然露出了轻薄的调子，在如《老哥哥》和《炭鬼》一类的诗里是如此，在《生活》和《烙印》的诗里也是如此。如果说克家的诗里的意义单薄或甚至虚伪，那是因为那轻薄的调子减消了他的吟诵的力，并不在“自身的经验”和“替别人的痛苦不平”的不同的理由。而且，我上边已经说过，在如《生活》和《烙印》那些诗歌里，其情感的本身里是含着一种“意义单薄”或“虚伪”，而在《炭鬼》或《神女》里虽然表现得不足，至少那情感的本身是充实的。在后一类里《歇午工》是一首绝妙的好诗，我们可以看出就在诗人“替别人的痛苦鸣不平”的描绘中，他感到怎样新鲜的生命的力：

放下了工作，
什么都放下了，
他们要睡——

睡着了,
铺一面大地,
盖一身太阳,
头枕着一条疏淡的树荫,
这个的手搭上了那个的胸膛。
一根汗毛,
挑一颗轻容的汗珠,
汗珠里亮着坦荡的舒服。
阳光下,铁色的皮肤上
开一片大白花,
粗暴的鼾声扣着
呼吸的均和。
沉睡的铁翅盖上了他们的心,
连个轻梦也不许傍近,
等他们静静地
睡过这困人的正晌,
爬起来,抖一下,
涌一身新的力量。(《歇午工》)

这是一幅生活的画,生活本身的充实,供给了他充实的诗的意象,这意象更补足了调子的轻薄,在如《生活》和《烙印》一类的诗里,无论如何是寻不到这种深刻的意义的!他不只是能作了这生活的轮廓,而他也充分地感到了这生活里含蓄着的生命的力。

称臧克家是一个诗人，大概并不是夸大的讲话，因为他的诗是一个诗人的诗。新文艺界有了不少的诗，但很少诗人；例如，李金发和新近逝世的朱湘，他们写过许多的诗，但我只能称他们为作诗的人。我也承认诗是“言语的艺术”，然而我却不能承认那只在字句上下苦工的作诗的办法，我相信比诗的言语更重要的，是诗的意象，为了使那意象生动，言语精美才有意义。我也不反对诗是要含蓄着较深的思想的艺术，但那思想的表现，是比其他的艺术需要更多的具象性，以文字的音韵或文词的秀丽在诗中来补充意象的薄弱，那纵能作得很好，也是空虚的诗。臧克家的诗的一个主要的特点就是意象的丰富。

你看，他怎样解释“希望”——这抽象的名词：

自从宇宙带来了缺陷，
人类为了一种想念发狂，
精神上化出了一个影像，
那就是你——美丽的希望。(《希望》)

不过就是这丰富的意象也难以弥补了他在《生活》或《烙印》里所表现的情感的虚伪，只是在《歇午工》那样生活本身已是一幅精美的图画的场合，这丰富的意象才得了适当地发展。

从这位诗人的二十二首的小诗里，我们是看见了诗人的生活或艺术已经经过了三个阶级，《生活》和《烙印》代表了最初的时期，《忧虑》或《老马》是成了一架过桥，《歇午工》是使诗人完全忘却了自己虚伪制作出来的不真实的痛苦，同时暗示了诗的发展的新的方向。

徐转蓬

关于这作者的一个短篇《老祖母》我曾发表了一点意见（收在拙著《小文章》中，良友图书公司出版），读者由那篇文章里可以晓得我是喜欢他的作品的，的确的，差不多他的每篇作品我都能非常愉快地读完了。如果我们说作品使人愉快地读不能就断定是它们的价值的话，那么至少也比读了要皱眉要厌恶的书是好些的吧，而在现今的文坛上，正有许多作家的作品读了是使人皱眉或甚至厌恶的。

但给人以愉快的作品是有着极相反的分别，有的作品读着虽然可以愉快地过去，但过后一想是令人感到空虚，发生厌恶的，像这种愉快大概是因为事件的诙谐，是由那题材的滑稽味维持着读者的兴趣的，而读后毫无所得，必定觉到作品的空虚以致起了反感，这种作品与其说是使人愉快，宁不如说是使人觉着滑稽。在目前的文坛上，据我的意见，老舍的作品是可以列入于这一类的。

转蓬的小说绝没有借着题材的滑稽味维持读者的兴趣的这弊病。他真诚地细腻地写，从不想利用读者心中的某一种不可靠的趣味；他用题材的真实性和文章风格的清鲜的调子捉捕着读者全部的情感。他给与我们的愉快是艺术的愉快，向来不使你感到空虚。

这个作者也还是可以列入青年大学生之中的，离开学校并不久。论生活的经历也同样是关于空虚的吧，但在他前后发表的二三十个短篇小说里，我们看不见他自己，甚至看不见他实生活周围环境中应有的人物；他有一个故乡，一个收藏好像极丰富的故乡，他的一切写作的材料全是他那可宝贵的故乡给与的。

这一点或者也就是新文坛上的一个比较独特的例子吧。自从鲁迅的小说以后，在无数作家的作品里，我们很少嗅到作家的故乡的气味了，没有故乡味的作品，是使人觉着干燥，觉着不真实，所见到的人物景色虽然应当亲切而反到生疏，因为其中西洋文学的技术的模仿或影响是太深了的原故。

转蓬的故乡，从他的作品上看来是一个小小的镇市，它虽然也有它极独特的风俗习惯，但也是普遍地带着中国农村的色彩。他认识他的故乡，可以说比其他生活在那同一镇上的人都更深一层的认识，他信口可以招呼出一个名字，画出一个人形，那立刻就是真实的。他知道他故乡中的每一个财主，乡绅，医生，农民，婆婆，儿媳，村长，酒店老板和伙计，打铁匠，以及其他各式各样的人。他不但认识他们，他理解他们的痛苦，他们的欢快，他们的忧虑；他知道他们在什么时候说什么样的话，作什么样的表情，就是信口让儿童唱一个歌，那歌也是故乡的；而且他更清楚地知道，在什么时候，在什么场合，起了什么样的事件。捉到一个事件，于是他就写了，每一个人物都像是收藏在他的脑里一样，他可以任意地招出这个来，打发那个去，而总不失为是真实的。

这也是他的一个特色：他的小说里总有着一个故事，一个真实的生活事件构成的故事，他从没有因为一种思想或一种观念而动笔写小说。他的故事说是自撰的也可以，说是生活中实际的事件也可以，但显在小说里全是带着极浓厚的现实味。他的故事有的是属于极微细的，但不因为那事件的渺小而无意义，他的每一个故事表现出每一种生活的痛苦，这痛苦虽有时是遭在某一个人的身上，然而那是可以普通地移转在活在那社会生活里一切的人的。

他的写法是客观的，我们不大能够明显地看见作者的情感和思想，但凡是他说了一个故事，表现了一个人物，我们总能看得出他的同情是在那一面，是在那一个人身上，而且为什么他要取用这样的一个故事。他不想显明地表白出他的思想，并不是因为他对于社会的不关心，他也有激愤，热爱和正义的念头，但他不愿叙述一大套理论，破坏了他艺术的完整，而由那被取用的事件的本身说明了他一切的思想或情感。有时的确他也是太客观的了，像是露出了漠然的灰色的情调，但在最多的场合，他是有着热情的，他会为一个被压迫的人而哭泣而狂叫。

用时代的眼光来看，转蓬的小说不是属于前进的一类，而是属于较早的一个时代的记录，不过他的记录是异常地真实。他的作品的意义，也就在这一点上最能决定了他的价值，他填充了我们的新文艺界遗漏过去的一个罅洞，他的作品可以紧紧地摆在鲁迅的作品的时期之后。

自从《呐喊》和《彷徨》以后，中国广大的民间的群众是被遗忘了，在小说以及各种形式的文学中所表现的都是知识阶级，一个无知识的乡间的人，是不容易出现在书页上。最近虽因为社会主义运动的勃兴，以农村经济破产的口号，提倡农民生活的描写，但已出现的大抵都是带着虚想的浪漫的色彩，丝毫没有农间的气氛，这是因为那生长在都市的知识阶级的作家们早已经忘记了农村的缘故。像鲁迅一样，转蓬的农村，也是记忆中的农村，或是偶然的短时间的观察，对于目前农民在现时代下所经受的大痛苦，他是不理解的吧。然而他的记忆，他的偶然的观察，却足够他写成小小的应属于过去的生活的故事。

像《磨坊》，《菌》，《老祖母》，《乡下医生》和《母亲们》该是属于这一类的作品。我们就以这在作者的作品中并不十分良好的作品《磨坊》来说吧，那磨坊的主人德五伯伯便不是现今农村中可以有的人。他是一个极端善良的老人，小孩子和男子和妇人都喜欢他，“在他身上找不出丝毫磨坊主人所有的脾气”。

> 碾好了米，碾米的人向他招呼：
>
> “老伯伯，拿磨租去吧！”
>
> 和善的仁慈的老人就客客气气了。
>
> “不给磨租有什么干系啦！我们又不是生疏人。”
>
> 一天，村上最穷苦的农夫小三麻子，负了一布袋的谷上磨坊来了，老人微笑着问他：
>
> “碾的谷是你自己的？”
>
> “自己的。”
>
> “那就好了，我祝福你。常常到我磨坊来吧，我决不收你的磨租……”
>
> 他并不对小三麻子一个人例外，只要和他同样的穷人们，无论是认识的，不认识的，自己村庄上的，或从别个村落来的。他是拒绝收受他们的磨租的。

像这样善良的老人，在现今的中国农村中是绝对地看不到了，但作者的艺术使我们相信，那确实是曾经存在过的。

其他如《菌》里的没有受过教育的一知半解的年青的妻，因为丈夫害痨病，她到过一次城市听了医生说有病菌的传染，于是便死也不肯和丈夫同居，自己搬到柴屋里去住，丈夫临死去找她，她都骇得从栗树林里跑掉；《乡下医生》里的那善良的医生，跑十几里路看一个穷人家的孩子的病，结果得到几个鸡蛋的报酬，回家因为错过了富人的看病受老婆的气，而当那穷人再来请求时，他还得跟着再跑十几里路；《母亲们》中那两个老母亲，女儿们在大学校里读书，到假期天天盼望她们回家，一个母亲的女儿回来了，在家里这也不是那也不是地住了三天，便一阵风似地又走了，另一个母亲却连女儿的影子也没见着，她们可怜地流着泪叙说她们的悲哀；像这些事，这些人物，现在虽然还有，也已经是过了时的了，至少也是不被人注意的事，不被人注意的人物了。取用了这样的事件，这样的人物的作者，如果稍一任意，不是写成戏谑的，便会写成无感应。而我们如今的这作者，每篇都能描绘得非常真实，使人发生着强烈的感动。转蓬是作了一个较早的时代的人物的记录，填充了那被新文学界遗漏了表现的时代的空白。

像在我们的一切作家的作品中可以寻得出的痕迹，

转蓬的小说也渐渐地染上了时代的色彩，不过他虽知道时代对于一个作家的要求，而他不晓得怎样满足这要求；这样他为理论与创作的不调和而苦恼着。但因此他之更倾向于同情被压迫者，喜用人类不平的事件，是显然的了。他的《搭车》，《节日》，《村长》，《父亲的船冻在河里》，《诬害》以及《果树林》等篇，是露出了这样的痕迹。

不过他仍是不能改变他的写法，每篇小说里他不能没有一个故事，他也不能不按照叙述故事的方法表示出某种思想来，或者换一句话说，他的记忆中的故乡的认识是太清楚了，不允许他完全偏袒那一面，或全部同情那一种人物。例如，在《诬害》中，一个农民因为昨天在牛棚旁坐过一刻便被误赖偷了地主的牛，被捆起来要送官去，地主的无礼或凶悍虽然是被表现着，而他最注意的一面却在那农夫的倔强与农夫的妻的哭闹，所以像下面这一场景，成了全文中最生动的了：

> 这时，这汉子的老婆也像一阵风般地赶到了。她的脸上的汗和泪，宛如涂了油一般地发着青色的光。
>
> 她的男人被捆绑在柱子上，她便坐在脚下，几乎在地上打滚。
>
> 她除了哭泣便毫无用处了。

那汉子在自己老婆面前，态度好似倔强了起来：

“别哭，哭是无用的，最好你去和他们拼死，我们什么时候都可以死！……”

她虎般站起：“要死到团总面前去，……”

她没有开步，被那两个团丁挡住了。

“如你这种家伙，死了十个，团总也不会着急啦！”

于是她仍又坐在地上。

“那末，我要跟男人同去坐牢……带二个孩子也去……这天上掉下来的灾祸……他昨天病在床上……一滴水吞下去也吐泻出来……鬼偷他的牛……”

他不把地主和团总之类的人物写成完全的凶神，他也不把那被压迫的农夫妇写成绵羊似地忍受或有幻想中的无产阶级的英雄的姿态，因此他也不把这故事制成浪漫的悲剧，那匹牛被找回来了，农夫被释放了。作者这样地作了一个收尾：

团丁解开了绳子。他的两手已被生刺的棕绳绞出血了。

“好，你回去吧！不叫你坐牢了。”

他并不走，仍站着不动。他知道牛已被找回来了，偷牛的人也发现了。他对坐在地上哭泣着的老婆说：

“站起来，我们去问问他为什么把我捉来……他诬害了我……他不说出这理由，便死在这地方……”

底下作者虽让农夫壮烈地大喊了一声，但那是没有结果的，农夫的悲苦的命运是借着一个老年人的口里说了出来。

窗口，一位头发花白的老人，他自作为村镇上唯一饱经世故的人。揩去他胡须上的鼻涕向那汉子的老婆说：

“去劝劝你的男人，吃亏一辈子吧！团总是一块石头，你们是一只蛋，碰到便碎……不用你犯什么罪，他可以叫你们坐牢……”

胆小的女人受了恐吓，伸出战栗的手拉拉男人冰冷的手：

“得了，回去吧！吃亏几年，等孩子长大了，再吐这口气……”

像这样被描写了的农夫妇，若是那前进的批评家们又要讲什么意识不正确了吧，然而在这里我们看到最真实的事件和人物。诚然这不是社会主义的写实主义，因为那被描写的乡村和农民根本不是社会主义的！这我们与其责备这作者，我们更不如责备现实。

这作者没有坚固的信仰或是真的，所以他不能在压迫者的生活中找到光明面，但我们不能因此就说他的作品是完全无意义的，我们只能期待或鼓励他能更深刻地踏进民间，把民间现今的事件，现今的人物，制成故事，表现在他的精美的艺术里。

沙汀

虽然都是在较近的同一个时期里出现的作家，而若以转蓬的作品和沙汀的相比较，其作品中的表现的事物，或其作者们所使用的艺术方法，至少也要相隔有一个时代之久。我已经指明转蓬所曾经表现的，是记忆中的社会，因此他所使用的艺术的方法是因袭的，带着多量的祖先的遗传；沙汀，从皮肤到心脏都是新的，他没有从祖先学得了什么来，而他所描写的也都是他在眼前看到的；他立意要获得一种新的表现法，而且要把一种新的东西表现在艺术里。

不过，像一切的创始者的遭遇一样地，沙汀在他的新的企图上遇见了极大的危险，几乎使他的作品抛出了艺术的领域，因为在他的企图中我们观察出有那与成为艺术的必须的条件相冲突的地方。这，我若再使用我的那个老譬喻的话，沙汀不是在作艺术的写生，而是使他的笔成了一架照像机。但我晓得这譬喻有人是根本反对的，那么我们就把较近的苏俄吉尔波庆论社会主义的写实主义一文中，一段极重要的话引用过来罢：

……很明显地，要在艺术方面实现这种主题（社会的事物与个人的事物的统一的观念——作者注），若是没有结合一般的事物与个人的事物的手腕，若是没有描写人的行为之政治的意义与他的内生活的手腕，是不可能的。事件及人物之中，若没有个人的，特殊的东西，就没有形象性，因之，也就没有艺术。艺术，通过有典型的意义的形态而表现出生活的真实或它的本质这件事，是重要的而且是必要的。为了这种表现，构成上的明白与整齐是必要的；表示出全体的意义与个别的人们的典型的个别化是必要的。不能在它们的统一上表现集团与个性——即集团之无个性的一般化，结果是现实的真实之不完全的（有时是被歪曲了的）表现，是思想的不明确，是构成的浑沌与不完整。（根据聂译略改一二字）

沙汀在艺术著作上所犯的一切的弊病，完全都包含在吉尔波庆的这一段话里。

在一年前沙汀出版了一本包含着十二个短篇的小说

集，题名为《法律外的航线》；以其新奇的作风，是应当获得读书界的相当的注目的；因为在他的这种作风里，是有着所谓新写实主义的路线的，而新写实主义对于我们直到如今也不过是一个空洞的名辞而已。但据我所知，关于这书只有茅盾曾写了一篇书评，除去或者能够提醒人们注意到这书的一点之外，那文章是等于没有写的，他并没有提出那必要提出的问题。他开头就说，“无论如何，这是一本好书!”而其次他的辩解是与本书所存在着的问题毫无关系的。

沙汀在最近一年间又继续着写了十篇左右的短篇，作风完全没有改变，只是在某一两篇之中略显示出进步；我们若坦白地说，他是在暗中摸索着，在完全没有正确的指导之下独自努力着。最初他像是应着理论的要求而动手写作的，而对于这理论他也似乎没有深刻的认识，像一般浮躁的理论家一样地，他误解了“新写实主义”这名词的意义。他之探求于新的作风，远过于他之对于社会生活的体验；由于生活本身上认识的深刻，自然地会使其艺术方法变成了新的这一点，他仿佛是并不理解的。茅盾所说：“作者用了实写的手法，很精细地描写出社会现象——真实的生活的图画。”这评语里颇有矛盾，我们在这个作者的作品里，只能看见现象的描绘，而没有真实的生活的图画；也许，他描写出的社会现象是很精细的，然而这种精细多是浪费，不能有助于真实。

很少可疑，这作者是在追随新写实主义的理论而写作，他企图在他的笔下强调起集团生活的描写，于是在他的作品里，不但没有个人生活的骨骼，就连个性的人物都没有，而且他也没有像一向的小说中所取用的材料——即以某一事件为中心的故事的发展——而只有社会的表面观察。因此他描绘出的，完全是社会的现象，与真实的生活的图画就有天渊之别了。在这里那吉尔波庆所说的“事件及人物之中，若没有个人的，特殊的东西，就没有形象性，因之，也就没有艺术。”这话，是非常适用的了。然而，若说这作者是根本没有“结合一般的事物与个人的事物的手腕，”也是冤枉的，不过他虽可能有这手腕，而害于理论认识的错误，他没有感到结合一般的事物与个人的事物的必要，反之他是以为在艺术里只有一般的事物也便可以的了。

这样创作的结果，由其表现的方面看来，是“现实的真实之不完全的表现，”而若由读者方面讲话，那便是无感应，读者只像是读了较精细的新闻纸的报告似地，得不到艺术的感染力，他们会时时感到干燥乏味，而有抛掉他们手中的读物的要求，这点，可以试证于这作家的一般的读者的经验：他们会三番五次读着一篇小说，而不能回忆出那小说中倒底曾讲了些什么，记不清一个明晰的场面，捉不到一个个性的人物，而且就在读着的时候，只为了要清楚地理解，也必须把那一页的文字返覆地细读。

作者在创作时，我想并非完全疏忽了这点，他时时地设法弥补，他使用着奇特的文句，而多机警的形容和譬喻，有时更利用一些可笑的人物的动作和谈话，以维持读者的兴趣。这苦心，是未能获得很大的效果，有时反倒使文章愈加晦涩。但间或也有弥补得较好的地方，在瞬间作成生动的形象，可是多又不能持久；在全文里缺少严密的连续性，这大概就是吉尔波庆所谓的“构成的浑沌与不完整”吧！因为这样，若把沙汀的小说，切成了断片看，那仿佛是描绘得很真实而有趣，而用它们构成一个整个的东西，则像是堆在一起的不黏固的沙砾。

缘于这种一般构成上的混乱，沙汀在二十多篇小说里几乎没有创造了一个活的人物。那些出现在他的小说里的人物，都是成群成伙的，一群兵士或一群难民，一群小商人或一群贫农、一群压迫者或一群被压迫的人，他们像走马灯似地，来了又去了，我们不能记忆住他们，我们捉不到他的个性。他们虽有行动和言谈，而且虽然其行动或言谈的本身是真实的，然而那不是个别的人物的行动或谈话，都正是些“集团之无个性的一般化”的例，那言语，那行动，是不能作成一种完整的艺术的有意义的部份。他晓得在一般的情况下，一般农民是有着如何的行动或如何的言语，而某一个农民在某一种情况下，他的特殊的行动，他的特殊的言谈，他是不理解的，或者换一句话说，他是不会适当地想像出来的。所以读者在其中记忆不住那一种行动是张三的，那一种言谈是李四的；就是作者自己也难于分得清楚而表现得明晰。于是他的人物都是有如这类的形容词：长子某，矮子某，胖子某，瘦子某，或是面上长着麻皮的，害着疟疾的等等，然而像这种描写法，既使人感到幼稚而又不能得到深刻的印象。

至于他们的言谈，作者总是使用着一种土语，这据茅盾说："是活生生的四川土话，是活的农民和小商人的话；"然而这在本身上是活生生的土话，究竟能表现出什么特殊的性格呢？在不多见"土话"的我们的知识阶级的文学中，能够看见这种土话也许比那"作家硬捉来的那些知识分子所有的长篇大论以及按着逻辑排得很好很齐整的有训练的词句"（茅盾语）是较好的，但倘使这土话是放在张三的嘴里也可以，放在李四的嘴里也可以，那话语也就和"硬捉来的……有训练的词句"的效果相差不多了。而且据我看，他使农民和小商人等所说的土话，并不见得就是活生生的，那也还是作者硬捉来的放进人物的口里去的；一种作者的疏忽，可以供我们作证，他就在描写与上海一二八战事有关的兵士和难民的言谈时，他所使用的也还是"活生生的四川土话"呢！

与他所使用的土话的真实的程度一样，是他的关于场景，人物和事件的全部的描写；从现实的存在之点上讲，那是可以称为真实的，而现在他的著作里，则显示出艺术的非真实性。所以他描写的有时虽极其细微，却反成了死板，并不能给人以活动的印象。但有时这种描绘，若集中于一事件上，其结果是稍有不同，因为那在他的著作里其本身成了一个插话了。沙汀的作品虽都是短短的篇幅，很少有从头至尾的完整的故事，所有的只是这种插话。例如在《野火》（《文学月报》五六期合刊）里，描写因苛税而罢市的混乱之中，他使一个癞子的小买卖的人表演了一场：

> 癞子已经收了堂，担着蒸笼和铁锅，从坝子当中插过来。他把几方印花贴在酱色的额头上，一面走，一面怪声地吆喝：
>
> “贴上了，谁个姐儿妹子要！贴上了！”
>
> 人们大笑起来。可是，像坏了的喷水机一样，冲了两股，就没声没响了。

像这样的穿插，是在一般朦胧的混乱的场面当中，能使人得到了较深刻的印象的。

沙汀的作品之非艺术的性质，是很难于说明，总之他把一切的观察毫无曲折和轻重之分都放在同一的平行线上而描写，大概是最主要的缺点吧。也是在这篇《野火》里，有一段较长的描绘，从其中是可以理解这作者的一切的描写的方法：

一个老太婆，打绉的小嘴一撅，提起两只小脚，往一家酒店冲去，叫道：

“没有一天清静，没有一天，……”

应着唠叨，一张肥肥的脸，望那刚刚提开两块铺板的窄缝中伸出来了，不由人想到监狱和囚犯。

可是，那老板，他清楚这回放了瞎炮的集期的讲究，他现存的粮食还能够吃半年，他虽然也一样会吃印花的挖苦，但只要在把酒提从坛子里拿出来的时候，手微微两抖，他就不会吃亏了，他底脸上并没有囚犯的愁苦和惨白。

他仍然和往常一样，不慌不忙地袖子两挽，伸起的手掌搁上额头，按着瓜皮帽往后脑一推，提起酒瓶的颈项，向黑暗的洞窟隐没了。

卖杂粮的墟场上，只有一家馒头店还在正正经经做着生意。在那面前，一群下力人的男男女女，夹着破口袋，按着不听交接的肚皮，在五心不作主地转动着，嚷着。

那个收荒货的人，手两搓，从掌盘上小心地拾起馒头，用手秤量，脸上现着要发气的样子，想了一会，他又还转去，不在乎地说：

“睎！癞子！趁火打劫么?”

癞子赌气地从扎着围裙的腰干上拖出一条印花，擎着，摇着，叫道：

“看罢！让我孙子去！”

像这样移动着镜头在银幕上展示着风景似地，没有重心地——作着平衡的描写，在艺术里只能作为背景或场面的点缀，才是有力的，而沙汀的作品全部都类似这样的描绘，单独地看来好像是异常地生动，而若永远地推移下去，则显示出混乱，使读者无从捉握作者的所欲达到的效果了。因此我曾说这写法根本不是艺术的。

但这作者是以着什么能获得到人们的特殊的注意呢?那便是因为无论他展示给我们的图画，怎样是属于现象的，是属于肤面的，而仍然他供给了我们新的材料，一般的读者正在渴望着表现在文学里的材料。而且虽然他的写法是混乱的，含着极大的错误，而仍然使我们对他怀着极大的期待。即使他的作品是作为新写实主义的误谬的途径而表现出来，那也是有益于将来的发展的。

若需我举例的话，那收集在《法律外的航线》里的《汉奸》，《辙退》，《莹儿》等是较好的作品；发表在

《文学》二期上的《老人》，则似乎可以看得出作者在一向惯于散漫的描写中，已经有接近于中心主题的表现的发展了，因此我认为《老人》是他全部的作品中最成功的作品。

《子夜》的艺术思想及人物

一 作者的企图

《子夜》不只在这一九三三年间是一部重要的作品，就在五四后的全部的新文艺界中，它也是有着最重要的地位。

它是一部伟大的作品，但它的伟大只在企图上，而并没有全部实现在书里。

它虽然有着巨大的企图，但它并没有寻到怎样展开他的企图的艺术；据作者自己在后记上说，“我有了大规模地描写中国社会现象的企图”，但他的构思却只有一年，他自己以为是“比较的长些”了，实际上还是差得太远的。

因为这过大的企图，结果反倒创造了一个英雄，而且这书也就成了这个英雄的个人的悲剧的书了。

这也可以说是我们的作者的聪明的地方，他晓得无论是多么大的企图，在小说里也必要置下读者的注意的中心点的，使这中心点成为全书的桥梁，而展开他的巨大的企图。

不过他置这中心的重力是太过重了，使他的英雄成了过份理想化的人物，读者们无论在那里总忘不掉这个人，不能不关心着这个人的事业的前途，其他那对于他的企图有着更重要性的场景或人物都全部成了陪衬。

所以我们若说这书是描写一个新兴的民族思想的企业的资本家在帝国主义压迫下的个人的悲剧，那是颇为正确的。

然而，由这个人的悲剧的线索，作者也能展开了更大的场面，介绍了不同阶级的人物。虽然这些场面或人物是以极轻的比重被描写了过去。这极轻的比重并不只是由于篇幅的计算，而也是由于故事之吸引读者的趣味的比较。

例如，这书里有描写农村崩溃与农民暴动的场面，有阶级斗争工场罢工的场面，有操纵金融的交易所的场面，有资本家的家庭的纠纷或生活的场面等等；这书里的人物，有企业的资本家，有封建社会的“僵尸”，有新兴的小资产阶级的知识份子，有各式各样的资本主义社会的女性的人形等等。但除去他的那位英雄的表现之外，我们在许多场景许多人物的表现上，都觉得非常地不够而不真实。

结果由这书中所显示的作者的“大规模地描写中国社会现象的企图”，由读者看来，成了一种未曾实现的希望。而更因为这希望是远远地超越着作者的能力之上，这书不能成为写实的，但带了极浓厚的罗曼蒂克的色彩。

二 吴荪甫

全书中所表现的人物，只有两种，一种是理想的，一种是被讽嘲的，可以称为写实的成份都很少，成为这书中的英雄的两个人物，企业家吴荪甫与工场管理人屠维岳，是理想化了的，其余的人们都多少像是显示在谑画中的人物似的。

吴荪甫，这个新兴的企业家，是过份地理想化了；只有在像西欧那样资本主义社会中，这种人物才是可能的，在将走上资本主义的路的半封建的中国社会里，他是并未存在。然而作者既把这么一大部书的中心，放在他一个人身上，作者不能不把他理想化。

吴荪甫，有着巨大的资产，坚强的意志，超人的能干，借着作者自己的话来说，他是有着一双企业的铁腕，他想用他这一双铁腕和那不可抗争的帝国主义的工业托辣斯的侵略奋斗，同样他也使用他的铁腕压迫无产阶级的斗争。他是具有浓厚的民主主义的思想者，他以企业作着为民族打开生路的工作，作者所告诉给我们的，也只是这个人在其事业上有着巨大的野心，物质的享乐与金钱的欲望反到不能使他感到怎样的兴味。这个人是为了权力，为了名誉，为了民族的发展而生存的！因此作者不只称他为“铁腕”，而更称他为“权力的铁腕”。

在他的事业之前，他轻视了家庭的爱的生活，使一个美丽的妻手里总在拿着一本从前的爱人所赠的《少年维特之烦恼》和一朵干枯了的花瓣过着幽怨的生活；在他的事业之前，他疏忽了一个时髦的交际花对他明显地表示了的那性的挑拨或诱惑。在生活里，他只有事业，没有幸福，没有享乐，甚至没有睡眠。只是在他的事业快到完全崩坏之前，他的意志消沉起来的时候，我们作者才设下了一幅场景，告诉我们说他也是像其他的资本家一样地，有着堕落的享乐。

他梦想使那农村经济破产的故乡的镇市，变成一个工业发达的新城市，他创办种种的事业，当铺，钱庄，油坊，电厂……同时在上海他开办了一家丝场，更因为要避免金融界对于工业界的压迫，他联合工业界的巨子设立一个益中信托公司，而且借着公司的财力吞并了八家的小工场。

因为受了那金融界的巨子赵伯韬的一时的利用，使他在投机事业上也伸了手，可是结果这位赵伯韬就成了他的敌人，份外迅速地使他的事业崩溃了，以至破产。

这个英雄的失败，被描写得像希腊神话中的英雄的死亡一般地，使读者惋惜。

只要以作者所给与这个人物的许多优美的条件看来，我们就可以明白这个人物是怎样地被理想化了，而在实际上是怎样地不可能。不过就是由这样的人物，作者展开了描写中国社会的企图；以其在家乡的企业，述说了农村暴动的情况；以其投机的事业，描写了交易所的场景；以其开办的裕华丝场，描写了工场罢工的阶级斗争；以其个人的家庭，介绍了各式各样我们现社会中的人物。

然而，就因为这铁腕是过份地理想的，所以那以他为中心而牵动的许多场面，虽然其本身作为中国的社会现象（请不要忘记这是作者的企图!）是非常重要的，而在这书里便成了附属的东西，正好如舞台的美丽的背景一样，只在主角没有出台的时候，它们仿佛才是重要的。农村暴动的结果，只是告诉我们他在家乡企业的损失；工场罢工的失败，只是证实了这个铁腕的用人的手段；帝国主义的金融的操纵，只是为了打倒这个英雄的巨人!

三　屠维岳

在吴荪甫开设的裕华丝场方面，为解决屡次的工潮，作者没有方法使这位铁腕的自身发挥他的才干，于是就制造了另一个英雄，屠维岳。他完全是吴荪甫的替身，像舞台上或影戏上的一个戏子扮装的两个角色。

丝场起了罢工是暗潮，那位懦弱无能的工场管事人莫干丞被招到这位“权力的铁腕”的炯炯的眼光的面前了。为了轻减自己的责任，这位弱者一口咬定了屠维岳有挑拨工潮的嫌疑。

于是这位屠维岳——只是在名字上在职位上和吴荪甫有着不同的英雄，便被介绍了进来。他第一次现在书里和“铁腕”的那场对话，是非常地激动的，同时也便是作者表现这个人物的主要的篇幅。铁腕在这个职员身上，发现到杰出的才干，于是想利用他了。在他们这一场的对话之后，屠维岳“加薪五十元正”，得到工场总管的职位，坐着厂主的汽车胜利地回到工厂去。

这时，作者便可以在这段书收尾的地方安心地讲：

> 吴荪甫满脸是得意的红光，在他的尖利的观察和估量中，他断定厂里的工潮不久就可以结束。

的确的，就因为有了这样的人物，罢工风潮，其后虽然仍有无数的小风波，而终归不能不失败了，不能不失败在这个英雄的资本家的走狗的身上。

然而这个人物又是怎样不真实的英雄呢？一个从乡下拿着“老太爷的一封信”而便在工场里作了“两年又十天”的职员的这青年，没有叙述他是受了怎样的教育，也没有叙述他的生活的环境，而一旦被招到那位“能干”的化身的“铁腕”的面前，能够那样爽快地回覆了一切的问题，甚至能使他说出这样的话来："无论什么人总是要生活，而且还要生活得比较好！这就是顶利害的煽动的力量！"这要没有坚强的阶级自觉的意识，或者至少若是没有充份对于时代与社会的理性的认识，这场对话中的人物该是怎样地不真实吧。

可是他就这样成了资本家奴仆，而且成了永远的奴仆，这使我们自然地想起诸葛亮明知汉室江山无望而因为感激三顾茅庐之恩不得不出山来的那封建的故事了。在这个人物中，是有着比"铁腕"更多的矛盾，更多的不真实性。

但，就为了介绍这样的一个人物，为了显示他的英雄的材干，一切关于描写工场事件的中心的兴味，便不得不被牵引而归结到这个人物的身上来，那成为时代之大事件的阶级斗争就成了非常薄弱非常朦胧的陪衬了。

四　谑画

这两个英雄的人物，无论如何，还是能够牵动读者的兴味，全书的主力是放在这两个人的表现上，最鼓动的场面，最激动的对话，全给了他们。此外的人物，那就完全是戏谑的了，作者不但不能把他们表现成为真实的，连从他们之上认识真实性的能力都没有了。这些人物不是泥人，便是小丑。

开头第一章便是"铁腕"的父亲吴老太爷之到上海

来。吴老太爷是这样的一个人物：

……三十年前，吴老太爷却还是顶括括的“维新党”。若祖父两代侍郎，皇家的恩泽不可谓不厚，然而吴老太爷也是一个主角。如果不是二十五年前习武骑马跌伤了腿，又不幸而渐渐成为半身不遂的毛病，更不幸而接着又赋悼亡，那么现在吴老太爷也许不至于整天捧着《太上感应篇》吧？然而自从伤腿以后，吴老太爷的英年浩气就好像是整个儿跌丢了；二十五年来，他不曾跨出他的书斋半步！二十五年来，除了《太上感应篇》，他就不曾看过任何报！二十五年来，他不曾经验过书斋以外的人生！第二代的“父与子的冲突”又在他自己和荪甫中间不可挽救地发生。而且如果说上一代的侍郎可算得又怪癖，又执拗，吴老太爷正亦不弱于乃翁；书斋便是他的堡寨，《太上感应篇》便是他的护身法宝，他坚决地拒绝了和儿子妥协，亦既有十年之久了！

为了适应作者的巨大的企图，古老的时代的人物是必要介绍进来的，而且必然地赶快给他作一个收束，吴老太爷就代替了这个职位。

无论如何，吴老太爷虽然已经有二十五年患了半身不遂的毛病，与世界隔绝了，他总还是一个活人，一个没有新的生理上的病症的活人。上海，无论是一个怎样的魔窟，也不会马上就把一个活人杀掉的。然而，吴老太爷从船上下来，坐在到吴公馆的汽车上，听着物质文明的一切“机械的骚音”，看见路上的“红红绿绿的耀着肉光的男人女人的海”，使得他目眩，耳鸣，头晕，使得他那“刺激过度的神经像要爆烈似的发痛，直到他的狂跳不歇的心脏不能再跳动！”特别是当他看见他教养了多年的金童玉女（他的两个孩子——四小姐和七少爷）一到上海马上就受了诱惑，使他于目眩耳鸣头晕之外，更感到道德的反感，于是一到了家他马上就伸腿瞪眼断气了。他的廿五年的诵读《太上感应篇》的休养力，是一点都没有了。

不管作者在这一章书里使用了怎样地心理的描写，不管他怎样搬出原则的论调给读者听，吴老太爷的死是不自然的，是不庄重的。从这里我们看出作者是在作着观念论的游戏！

作者自己也晓得吴老太爷的死会给读者留下一种愕然的感觉，所以他两次借着那位诗人范博文的口里说出他的巧辩的话语：

> 然而我的眼睛就要在这怪事中看出不足怪，吴老太爷受了太强的刺激，那是一定的。你们试想，老太爷在乡下多么寂静，他那廿五年足不窥户的生

> 活简直是不折不扣的坟墓生活，那书斋，依我看来，就是一座坟！今天突然到了上海，看见的，听到的，嗅到的，那一样不带有强烈的太强烈的刺激性？依他那样的身体，又上了年纪，若不患脑充血，那就当真是怪事一桩！

对于作者，吴老太爷的死只不过是一种象征，“内地还有无数的吴老太爷。”“那是一定有的。却是一到了上海就也要断气。上海是——”上海是专门“风化”像吴老太爷这种人的地方，于是他使那个诗人再辩论地讲：

> 我是一点也不以为奇。老太爷在乡下已经是“古老的僵尸”，但乡下实际就等于幽暗的“坟墓”，僵尸在坟墓里是不会“风化”的，现在既到了现代的大都市的上海，自然立刻就要“风化”。去罢！你这古老社会的僵尸！去罢！我已经看见五千年老僵尸的旧中国也已经在新时代的暴风雨中间很快的很快的在那里风化了！

以吴老太爷作为“五千年老僵尸的旧中国”的象征，而使其风化，这立意是可取的，但他也同样需要真实性，需要艺术的苦心，以他当作一个丑角色，赶快就把他打发开去，这于他的“企图”都有极大的害处。

和吴老太爷同样地，有曾家父子，冯家父女，有火柴工场主人周仲伟，有诗人范博文，都是些谑画似的人物。特别是范博文，作者使他到处说着丑角色的话语，作着丑角色的行为。无疑地，作者是以这一个人作为资产阶级的诗人——或是一切有诗的气质的人——的代表而描绘了，而一切典型的写法，势必难免夸大，因此致成滑稽，或者也是不免的吧；但无论怎样的人形，总有他的真实性，捉不到他的真实，把他的性格以及行为都写成小丑似的，那是有失严重的写作的态度的。

不但对于这些人物，作者表示了戏谑，而且在书中尽可能地，由人物的口里，作者表示出对于各种“主义”的讽嘲，但因为那是极不适当地硬插进来的，给人以极不快的感觉。当然我们可以设想，这里也有作者所默默地承认着的一种主义，但从任何处我们都不能明确地捉握到，在他描写那几个革命青年工作时的场景上，我们觉得每一个人的思想和行为都在受着作者的非难，就连那较好的革命的女性玛金，也不像就是为作者所赞许的人物的。

五　性欲的场面

因为在人物上除掉那少数幻想的英雄外，便全是一些谑画似的人物，而且因为作者不能艺术地表现出他的巨大的企图，于是把所有的公式的，理论的，术语的长篇大套的言谈装进在人物的口里，而这书便不能不成为干燥无味的东西了。为调和读者的兴趣，我们的作家，也像现今一般流行的低级的小说一样地，是设下了许多色情的人物与性欲的场面。

全书中除去主人公的夫人和她的旧情人雷参谋的恋爱是取了一种不同的方式外，其余的男女的关系是多少都带了一些性欲的挑斗的味道。像交际花徐曼丽，青年寡妇刘玉英，以及那毫无明确的意识的可怜的少女冯眉卿，几乎专门是为着性欲的场面而制造了的。对于这些人物，作者是怀着一种坚固的而并不十分正确的观念，即，一切的资产阶级的妇女，必定是放荡的，而资产阶级的生活，必定缺少不了这些色情的女儿的点缀。

但纵算这种色情狂是资产阶级的事实，那也无需在书里那么夸大地写的，因为资产阶级的主要的罪恶并不是在这里的。例如，赵伯韬和刘玉英在旅馆里的那一场，当客人李玉亭走来时，使这个青年寡妇毫无羞耻心地几乎完全裸体地走出来，给客人观望观望——同时也就是给读者们观望观望的，这样的描绘还不足够么：

“……那浑身异香的女人早就笑吟吟地袅着腰肢出来了。一大幅雪白的毛巾披在她身上，像是和尚们的袈裟，昂起了胸脯，跳跃似的走过来，异常高耸的乳房在毛巾里面跳动……”底下，又何必“伸手就在那女人的丰腴的屁股上拧一把”，或者“就势推拨着女人的下身，要她袅袅婷婷地转一个圈子”呢？

再如，冯曼卿，即已经莫名其妙地和大块头的资本家赵伯韬开了旅馆，睡了一夜，也就够了。又何必在清晨使她穿着睡衣走到凉台上来，让风吹起她的衣服，“露出她的雪白的屁股”！

以吴荪甫那样铁似的人，埋头于事业，牺牲了一切家庭的幸福，抛弃了一切的可能的享乐的资产阶级的一种典型，作者也使他演了一场不合理的性欲狂。但我们想能打动了这个人的女性，该是怎样能够诱惑的魔鬼吧，可是又不然。只因为铁腕的事业的过于烦累，心情过于暴躁，使他“全化为一个单纯的野蛮的冲动”，于是来者虽是一个一向也未提及的老妈子，也就不免于难了。我们直到读了四百四十八页的书，也不晓得吴公馆里有着这么一个“脸上有风骚的微笑，身上有风骚的曲线和肉味”的老妈子，可是为使我们的英雄，因为事业的烦躁，变成野蛮的冲动，破坏一件东西，这王妈就被创造了出来。

这种心理的写法，使我想起法国曾经流行的自然主义的手法，——即极有害的手法。

同样这种手法的使用有那劣绅之子曾家驹从血涡中逃生之后奸杀锦华商店的青年主妇的一个场面。但在这场面里，血与恶恨是更多过于性欲的味道，而事件也含着较深刻的意义，所以它也具有更多的真实性。

不只资产阶级随时随地作着性欲的挑拨，那女工阿珍就是在罢工事件的最紧张的当中也总还忘不掉抛媚眼给屠维岳；那革命的女性蔡真就在罢工的计划已经失败大家极为懊恼的时候，也会嬉皮笑脸“突然捧住了女工陈月娥的面孔和她亲一个嘴”。更甚的是，无论如何也是革命青年之一份子的苏伦却在他们的激烈的议会之后，想到强奸玛金。这些几乎使我们想作者神经的健全是有着可怀疑之点的了。

六　布景与描写

因为把《子夜》当作一本严重的书籍，我非常仔细地读着一字一句，可是有时一再返覆地看，也还难以得到深刻的印象，作者的文章就是有着这种并不简洁而不灵活的毛病，同时他还时常浪费他的笔，写了许多不必要也不能给人以深刻的印象的描绘。在每一章的开场，在每一种事件的开头，他都照例放下一个背景，自然作者是非常留意这布景的性质或气氛，想适应他所描写的事件的性质与人物的心情，而发生着强烈的效果，但在最多的场合，他的布景的描绘好像都不大能使人注意，不能留下深刻的印象。描写场景，不是这作者的拿手，他好像是在极紧张的场面上，才能发挥出他的才干，他是不能够静静地写的。

补救着这种缺欠，他使用了过多的心理的分析或描写，然而这些也是同样地没有成功，有时反到麻痹了文章的力。因为在文章风格上，我们的这个作家，完全用了平铺直叙的写法，有很少的时候响起清新的调子，这固然是作者的忠实的，不肯取巧的地方，可是再加上过多的心理的分析，这文章就不免迟钝而使读者厌倦了。侥幸这本书的场面是比较地多，否则将一定有许多相同的地方会无意中出现的。

同时，他的心理的描写，虽多，而是零碎的，并不精细。冯眉卿那么一个没有经验的女孩子，没有经过任何心理的苦斗，是不会那么容易和大块头的资本家睡在一个床上的；吴荪甫的妻的秘恋，像是非常地隐讳，我们究不能十分理解这个女性的心到底是怎样；特别是吴荪甫的妹妹四小姐在城市生活中感到痛苦的那心情的解释，——这不但粗糙，甚至可以说是有着误谬之点的了。

四小姐，是那位多年诵读《太上感应篇》跑到上海马上就死掉了的吴老太爷的玉女。这少女在乡下的生活，虽然作者很少分析，但我们可以想像得到，那是非常地灰色，非常地不自由，感到强烈的压迫的生活。一到了上海，看见了那么许多新鲜的充满了力的生活的形态，不可避免地，会在她的心里，燃烧起热烈的青春的火焰，而对于乡间的死生活起来一种极强的反感，这才是现代都市生活的真正的诱惑力！

她开始要作成一个活人，她开始模仿都市生活的一切。所以当她从轮船上下来，坐在汽车上的时候，她马上就感到自己的乡气了，她对她二姊说：

> 二姊，我还没见过三嫂子呢。我这一身乡气，真惹她笑痛了肚子吧。

这对于衣服的不满，不过是想成为一个人的模仿的开始；她紧接着讲的话，便更是表示了对于乃父的激急的反抗了。

> 可不是。乡下女人的装束也是时髦得很呢，但是父亲不许我——

她虽然没有明白地讲出来，但已经非常明白，这玉女一到了上海便算永远地离开她的帝君了，那在乡下受来的《太上感应篇》的教育是完全粉碎无余了。

可是当她在生命力灼热的上海住了几个月之后，作者又使她再拿起了《太上感应篇》，而关在自己的屋里修行了，直到遇见一位救星张素素小姐，她才得救，而逃开了家庭到外面去求学。

四小姐，因为过了灰色的乡下生活，而且受了乃父的《太上感应篇》的教育，突然来到这么繁华诱惑的上海，就是转变，也感到困难，而必经过一番痛苦的内心的斗争，这也是极自然的事，但《太上感应篇》绝不会再对她发生怎样的吸引力了，她将在寂寞中，在孤独中，摸索着她的路，用不着再要那位张素素来牵引的，她环境中的一切人物无形中将都是她的引路人。

这种境遇的女性到了上海，只有两条路，不是跑向放荡的堕落的生活，便是努力求得知识而变成一个十足的资产阶级的贤淑的女性的典型，那《太上感应篇》在她的心里早就成了过去的骨董。

在这里我想结束了我的话语：《子夜》是一本巨大的企图的书，而因为那成为全书的牵线的主人公被写得过份地理想化，结果成了一本个人悲剧的书了。从艺术的观点，这书时常使用着旧的手法，在许多场合上有着自然主义的方法的使用，而在更多的场合，是充满了罗曼蒂克的气氛。拿他当作新写实主义的作品而接收的人们，那是愚蠢的。在思想上，他是非常地隐晦，只有从他的讽嘲的人物或主义上，我们可以反面地去猜想，至于艺术的地表现出来的时候，他多少含有观念论者的嫌疑，从其描写性欲的场面上看来，这嫌疑是有着充份的根据的。

不过，这书虽有一切的缺点，它是新文艺界值得一读的书籍，就从这书出版后的卖销的数目来讲，已经证实这书在现今的价值。它的不可磨灭的功绩，是在这书给我们贫乏的文艺界中输入了一种新的眼见，它的材料至少是从来未被取用过地新鲜的，而且它的一切的缺点，也是一个首创者的光荣的缺点，它的缺点将成为无数未来的作家们的有益的借镜。

我不希望这书成为一本孤立的书，如能克服了它的一切的错误，而在其上迈进，或者会是我们的新文艺界的一个伟大的希望吧。

最后，我必需声明，我不是从无产阶级文学的立场来观察这书以及这作者，如果那样的话，这书将更无价值，而这作者将要受更多的非难。但我相信，在目前的中国的文艺界里，对于我们的作家，那样来考察的话，是最愚蠢，最无味的事。

文艺简论

再论“作为生活认识的文艺”

写完了《现实的认识》之后，又想到瓦浪斯基的“作为生活认识的方法的文艺”的标语，我对于这标语曾略加解释，可是现在我觉得有再给以说明的必要；因为我想瓦浪斯基所谓“生活的认识”，如果改成了“现实的认识”，那不但没有什么错误而是更正确的吧；作为一个文艺的术语，“现实”是比“生活”有着更明确的概念。

然则，就是“作为生活认识的方法的文艺”吧，那又该当怎样解释呢，以文艺作为生活的反映，由反映在文艺里的生活再作为对于现实生活的客观认识的方法——这主张，起在阶级斗争意识明显的苏俄，当然是成为那过份看重斗争生活的意义，而轻视了一般情感生活的意义的苏俄新兴文艺的一种反动了。

单在苏俄的社会里，这种文艺见解是否正确，我们尚不能断言，但普遍地把这标语作为文艺上的一个原则，它是有要求存在的理由的。

以着纯政治的见地观察了生活，把生活的事件分成了等级，而且由这分级的生活的取材，再定下文艺的价值的标准，这无异说只有政治的斗争的生活是成为最高的文艺的题材，其他一般情感的生活纵非完全是应当被排斥的，也是属于低等级的。这见解是太过偏重文艺之政治的直接的作用，而使文艺的领域缩到可能范围的狭小了。反之，那作为生活认识的方法文艺，虽不轻视政治的斗争的生活的材料的重要性，却也同样认识其他与政治无直接关系的一般情感生活的重要。生活的本身，对于后者不像对于前者那样地，有着明晰的等级分列，或者更可以说，后者对于生活的看法，是和前者有着不同，因为他们明白，对于艺术不能取纯然的政治的见地。

但不能因此我们便断定后者在文艺上对于生活的取材是没有选择的；只不过他们并不把这种选择看为文艺价值的唯一的标准而已。对于他们，生活本身的等级，是被对于生活认识的深刻性和正确性所代替了。他们批评文艺，要看其对于生活认识的深刻的程度和正确的程度而断定它的价值。在这种显然差别里，是与那使生活成为艺术材料的艺术的表现法，也有着很重要的关联了。如属于前者——即把生活的等级看为文艺价值的标准者，艺术的表现是占有附属的较轻的地位，即，艺术作为政治的工具应是第一义的，而艺术在尽其自身的使命倒反是附属的了；但如属于后者——即把生活认识的正确性和深刻性看为文艺价值的标准者，艺术的表现是占有同等的重要的地位。关于艺术的表现的这一点，苏俄在最近以“社会主义的现实主义与革命的浪漫的主义”的新标语，已经多少纠正了他们在过去所犯的错误。

不过关于“作为生活认识的方法的文艺”之最易于使人误解的一点，还必要加以解释，即，许多以身边私事或琐碎的偶然的事件为文艺题材的作品，也看成作为生活认识的文艺，那是错误的。例如，许多人读了现代日本文学的作品，时常称赞它的微细，但对于我们则正相反，我总觉得它的材料大半是无味的，现代日本的文艺品，从表面上看来也许好像是精细的，但实际上这精细正是因为他们不知道怎样认识生活，而且不知道怎样捉取生活的部份放进艺术里来，他们是完全疏忽了或是根本不能理解艺术的具体的表现和表现的象征性。像这类的作品，即以“作为生活认识的方法的文艺”的法则来看，也该是被否定的作品。

所以这“生活认识”的标语，和“现实的认识”是没有什么差别，它的解释应该是从一般生活里加以选择地采取那有意义的而深刻认识的部份，再给以艺术的正确的表现。

作家的出身的问题

一个有名的苏俄的文艺批评家说过像这样的话：我们因为是农民的国，所以在我们的文学上是有着极厚的农民的气味，其他阶级不用讲，就以劳动者来看，他们在农民的层里，也有着非常坚固的根，或因周围的状况，或因为出身，他们是和农民结联看，所以一到新文学复活的开端，新的青年作家们一出现，那农民的倾向便非常明白地显示出来。

俄罗斯的文艺，不管是在过去，或是在现今，都含有极浓厚的农民的气味的这事实，恐怕凡对于俄罗斯的文艺稍有知识的人，是谁都不能否认的吧。但这种事实，是否即可以作为一切俄罗斯的文艺作家都是出身于农民或至少与农民有着结联的实证呢？——我想这是不能够的。因为俄罗斯，在过去以及在现今，也和其他的国度一样，是出现着各种阶级的作家们：贵族资产阶级，小资产阶级，农民阶级与无产阶级，只是这些作家们的作品，虽有程度的不同，却都是带着浓厚的农民的气味。

但只说俄罗斯是农民的国，就作为这解释的全部的理由，那也是不够的。我们应该更进一步讲，俄罗斯这民族，是被农民意识支配了的民族；俄罗斯民族的生活，是纯农民方式的生活；因此无论出身于任何阶级的俄罗斯的作家，其作品的观念形态，便自然地反映出浓厚的农民的色彩。

所以，中国虽同样也是被称为农民的国，然而她在过去的文学上也罢，在最近的新文学上也罢，就很少有农民的气氛。这是因为，中国虽在外表上或实际的比量上，农民是占着大多数，而中国的民族，是被士大夫阶级的意识支配了的民族；中国民族的生活，是纯士大夫阶级的方式的生活，因此反映在文学上的，也自然地是浓厚的士大夫阶级的气氛。

由此推论，我们是必要承认，在作家的出身的阶级的差别之外，在其根底上，是有着一个共同之点了——即那支配着整个的民族的共同的意识。

从最近中国作家们对于农村描写的努力这一点上看来，我们更可以证实这理论，无论我们的作家们在其作品中怎样努力想显示出中国农村的生活，而其描绘的场景与人物，却丝毫都没有农村的气味，就比起俄罗斯的一般的作品的农民的味道，也还要淡薄的多。这不是民族的意识的根底的不同么？

我并不否认，作家的出身的阶级，是决定他的作品的意识的条件之一；但我却不像现今一般流行的理论家那样，认为那是绝对的。我们不应该把某个阶级的意识，看为是纯粹的东西，它也像各阶级的生活的本身一样，是极复杂极错综的东西。所以虽在不同的阶级之间，往往也有着共同的意识的存在，如果我们说，绝对的阶级的意识这种个体，实际上是没有的话，那也没有多大的错误。反之，充其量，我们只能说，在不同的阶级之间，是有着绝对不同的意识的部份。

而且特别是作家，他的出身的阶级，并不能就认为是决定他的作品的意识之绝对的条件。

一个作家，不管他是出身于何种阶级，他总是一个要有相当的教养，要获得相当的知识的专门的技术家。即无论出身于何种阶级的作家，其结果总为知识阶级之点，是毫无疑义的；而且既同样是被称为知识阶级的一份子，那他们的意识能够没有极大的共同点么？

我们的新文艺批评家，时常把作品的失败以及不真实性，归罪于作家出身的阶级的意识，这是错误的。我想，在许多的场合，我们作家们的失败的原因，与他对于其取用的生活的认识以及对于艺术的特殊性的认识的程度是有关的吧。取材于自己毫无理解的生活，只受着一种观念的冲动，而便尽可能的限度加以狂想，同时在艺术力上又是非常地薄弱，那怎样能够不终归于失败呢。

更有许多场合，我们的批评家对于意识的决定，是完全看作家在作品里是否适合了理论的要求；例如，一篇描写阶级斗争的戏剧，若其结尾并没有显示出无产阶级的胜利，或是一篇描写劳动者的生活的小说，而结尾并未显示了光明，这便一定指为是作家的意识的不健全。但像这样对于意识的指摘，作家们是有着充份的理由可以不管的。

直到如今，中国还没有产生无产作家，因此我们没有比较，现存的小资产阶级的作家们的意识倒底是不健全到怎样的程度。若如果以苏俄的无产阶级的作家和我们来比的话，我们根本就要拒绝，因为这两个国度在社会环境或客观条件上是有着极大的不同的。

“克服我们小资产阶级的意识吧!”——这呼声我们是从四面八方可以听到的，但这不过是一个口号而已。对于我们的作家，我想，目前最紧要的，倒不是意识的克服，——因为那是随着社会的进展要改变的，而是在对于其取用的生活的认识与对于艺术的特殊性的认识吧。

理论的借镜

看见苏俄一般青年文艺论理家的偏激和浮躁，鲁那卡尔斯基曾说过这样的话：

> 我害怕——在文学上，我们有陷在“左翼病”的新的邪路里的危险。我们不能不将巨大的小资产者的国度，带着和我们一同走，而这事，则只有仗着同情，战术底地获得他，这才作得到。我们的急躁的一切征候，会吓得艺术家和学者从我们跑开。这一点，我们是应该明确地理解的。列宁坦白地说过——只有发疯的共产主义者，以为在俄国的共产

主义，可以单靠共产主义者之手来实现。

对于中国的左翼的文艺理论，恐怕我们将不只是“害怕”，而更要承认，他们是已经陷在“左翼病”的邪路里了！

从过去一年间中国文坛在理论上所起的争辩，我们可以看得出这种左翼病的邪路的所在的主要的几点。

例如：第一点，我们的左翼不承认有所谓艺术的价值这种东西，而主张一切的文艺的评价是应当从现下的情势作着政治的价值的考察，这理论正是过去的苏俄的“那巴斯图”派的偏见的承继。鲁那卡尔斯基也同样地给了严峻的批评：

> ……当政治家们不知道或一领域的特殊底方面，而开始接近这领域去的时候，从他们简直会弄出太过于总括底判断，或是有害的企图。这样，纯政治的态度，也反映在“那巴斯图”派的人们的错误的立场上。纯粹的政治的领域，是狭窄的。广义上的政治，乃是在国家机能的各部分上都各有特殊的课题。政治家办理他们所不知道的领域的事的时候，常常存在着弄错的危险。同志瓦进简捷地断定，以为应该从纯政治的见地，接近文艺的问题去。然而，譬如对于军事政策，或运输政策，商业政策，倘不

将军事，运输，商业的特殊性，放在思虑里，又怎么能够从纯政治的见地，走进前去呢？和这完全一样，不顾艺术的特殊的法则，而提起关于文艺政策的问题，是不成的。否则，我们便全然成为因了这粗疏的政治的尝试，而将一切文艺，都葬在坟墓里……其实，凡一种艺术作品，如果没有艺术的价值，则即使这是政治底，也全然无意味。譬如这作品里，有一种内容，是政治底地有意义的——那么，为什么不将这用政论的形式来表现的呢？

从纯政治的见地而完全否认艺术的特殊性的接近文艺的误谬，这里已经讲得非常地明晰了，如果反之，在艺术上是有着价值的而于政治的倾向是恶害的（这一点我们的左翼理论家根本就不承认是可能的！）文艺品，我们的态度应当是怎样的呢？我们听鲁那卡尔斯基继续着讲吧：

……假如我们之前，有着艺术底地虽然是天才底，而政治底地则不满足的作品；现在假定为有托尔斯泰或陀思妥夫斯基那么大的作家，写了政治底地，是和我们不相干的一种天才的小说罢。我呢，自然，也知道说，倘使这样的小说，完全是反革命的东西，在我们的斗争的诸条件，虽然很可惜，但是我不得不挥泪将这样的小说杀掉。然而如果并无这样的反革命性，只有一点不佳的倾向，或者例如只有对于政治的不关心，则不消说，我们是大概不能不许这样的小说的存在的罢。

这种“不得不挥泪”将反革命的东西杀掉的这种庄严的态度，与我们的左翼理论家只在旁人的作品中吹毛求疵地寻求恶倾向而便大加谩骂的态度比较起来，是又相差有多么远呢？

第二点，我们的左翼，因为过份地焦心着无产阶级文学的出现，而把那正在演着历史的任务的小资产阶级的文艺，看为是恶魔，看为是毒害，所以会用出许多的言辞到处嘲弄它。在苏俄的历史上，在文学的转换期中，有所谓农民文学的出现，这从历史的观点讲来，那正是和我们如今的前进的小资产阶级的文学占据着相同的历史的阶段的；因此有些浮躁的苏俄的理论家，就给以跛扈的指摘，于是布哈林便辩论地说：

……我国还应该有农民文学存在，我们应该迎迓他，是不消说得的。我们能说因为这不是无产阶级文学，不妨杀掉他么？这是蠢事情。我们应该和在别的一切观念形态的领域上完全一样，在文艺的领域上，我们也施行那用了和指导农民相同的渐进法，一面顾虑着那重量和特性，慢慢地从中除去农民的观念形态那样的政策。我们不能不在无产阶级之后，用纤绳拉着这农民文学去。如果关于读者的问题是这样布置的，那么关于作者的问题也应该这样布置。无论怎样，我们必须养育无产阶级文学的成长；然而我们不可诽谤农民作家；我们不可诽谤为着苏维埃的知识阶级的作家。我们不可忘记：文化的问题，和战斗的问题不同，靠着打击，用了机械的强制的方法，是不能解决的。用了骑兵的袭击，也还是不能解决。这应该用了和理性的批判相适应的综合的方法来解决。重要的事——是在和这相当的活动的领域的竞争。

按着布哈林的口气，我们可以说：我国还应该有小资产阶级的文学的存在；我们应该迎迓他。如果我们只晓得“文化的问题，和战斗的问题不同”这一点，也就好了，“靠着打击，用了机械的强制的方法，”甚至“用了骑兵的袭击”，都不能解决的问题，而我们的左翼理论家是想用“笔击”的办法来解决了，这该是多么可笑的事吧。

第三点，我们的左翼理论家，只知道“囫囵吞枣”式地转运或制造纲领，从不作切实的合理的批评与创作，在任何的场合之下，都以为复述纲领就足够的。我还是借布哈林的口，来讲这道理吧：

> 最后，不可不明白的，是我们的无产阶级作家们，他们应该停止了今天为止那样的只从事于做成纲领，而去造出文学的作品来了。诵读那些无限量的主义纲领，已往尽够了。拿出二十篇主义纲领来，还不如拿出一篇好的文学的作品的必要——一切问题就在这里，为什么呢，因为盛行于我们文学团体中的，是最大的问题的转换。在这里，就存着那根本的恶。不做必要的事，换句话说，就是并不进向生活的深处，竭力去观察现代生活的许多的方面，普遍化，把握住，不做这些事，而却从脑子里去挤出纲领来。

最后，我想特别声明一句，在鲁那卡尔斯基和布哈林讲话时的苏俄，其政治势力与社会环境，还是远远地超越着我们如今的中国的，他们的话，对于中国人讲，或者还必须打几分折扣的吧。但无论如何，这理论的本身，无疑地是可以作为我们的一面镜子的。

诗之前途

诗，在文学里，是最艺术的文艺形式，因此在过去，一向把它认为是文艺的最高的表现。

但诗，在现代，显示出最显眼的衰颓的倾势，至最近好像它完全沉寂了。

于是，使诗复活起来，将是一个极重大的问题，因为在文艺的领域里，无论如何，是不能够放弃这最高的表现的。而且诗之复活的倾向，现在已经显现着了，由于渐渐增多着的诗之爱好者的努力，它像是又将活跃在文艺的领域里。

但诗之复活，究竟将有怎样的成果，现今还没有充分的实际的现象可以预断。

不过，我们相信诗是有着前途的！

为诗打出一条新的生路，不可不知道它过去所以沉寂的原因，要寻到它的病源，才能开出药方来。

“现代不是诗的时代！”远在数十年之前，西欧的理论家就这样地叫着了。

然而，事实上，有没有一个时代是完全不适于产生诗的呢？——这是没有的。

确信某一种时代是完全不宜于诗之生长的理论家们，那是缘于他们对于诗之理论的观念的错误，是缘于他们对于生活的认识的错误。

“诗和诗人是一种神秘的东西！”这是古老的说话。如今是不能说服我们的了。

诗不管它是有着怎样最特殊的艺术性，它也是有着并不神秘的法则的，这法则自然可以由理论的探讨，作出了理论的解释。

如我们之相信，一切的文艺的根底是在生活上，我们同样相信，诗也是生活的反映。但因为诗是有着最特殊的艺术性的缘故，那反映在诗之上的生活，就起了极大的变形，比反映在小说或戏剧之上的生活有更甚的变形。

或者换一句话来讲，反映在小说或戏剧之上的生活，是固体的，是有着较凝结的形象；而反映在诗之上的生活，是流动体的，是一种不容易把握住的形象。大概也就是因此，人们把诗看成是神秘的，而与生活割离开了吧。

为什么反映在诗之上的生活是流动体的呢？——因为诗，在文艺的领域里，是带着最浓厚的音乐的要素。

由这里可以看取诗之特质。它像音乐一样地是诉诸直觉的，它也像音乐一样地是有着谐调的节奏，然而它还有音乐所不能完成的，那便是它和音乐的朦胧的意象不同而在人的心灵上刻下明确的意象。

但这种诗之音乐性，也是由生活本身给与的；因为生活总是有音乐的节奏的。把生活的节奏，形成了适当的节奏的词句，那便产生了调谐的诗。

那么为什么“现代不是诗的时代”呢？——是现代的生活和诗之特质有了不可和解的冲突了么？或者是现代生活的节奏不能适于诗之节奏了么？

我想，这些都不是的。然则，又为什么在现代诗就衰颓了呢？

因为诗是有着最长久的历史，有着最浓厚的古典的气味，而且是带着最特殊的艺术性，所以对于它人们是具有最传统的观念。诗，在一切文艺的领域里，是传统精神的大本营。即那成为一切革命时代之先锋的诗，其在形式上也还是传统的，比起同时代的小说或戏剧更是保守着传统的法则。

随着物质文明和产业发达，现代的生活起了极大的变化，但诗，却没有随着物质文明和产业发达而改变了它的传统的法则。于是这其间就起了冲突，那曾经以着老调子高兴地歌唱在古老的时代里的诗人，在现代的生活里感到了窒息，放下他们的笔了。新时代的歌者，——即完全由现代生活养育起来的人们，也因为既不能承继他们祖先的遗产，而又寻不到新的门径，挣扎着只能唱出不调谐的歌，不合于现代生活节奏的歌。

这样，那成为文艺之最高的表现的诗，失掉了它的原有的地位，而代以其他散文的艺术的形式了。

这是暂时的现象。我们承认诗之力，诗之伟大，我们该为诗寻取新的出路，而在文艺的领域里，恢复起它的王位。这并不是一个梦想，由过去的诗之长期的沉寂，诗之挣扎，我们已看到了它的消沉的根原。

第一点，最主要的一点，我们须从现代的生活里，看取它的生活的节奏，现代生活在表面上完全是散文的，机械的，不适宜于诗之生长。其实不然，现代生活只是蒙了一层散文的外衣，但仍有着节奏的核心，而且是一种极新的节奏，不过我们新时代的歌者没有把它提取住罢了。

过去的生活的节奏，是使诗人们唱了忏悔的歌，感伤的歌，吟咏自然的歌，这在现代的生活里是不被允许的了；新时代诗人，应该唱起力的歌，吟咏物质文明胜利的歌。断定现代的物质文明的生活是不合于诗之节奏的，那是肤浅的观察，我们不要相信它。

第二点：随着诗之调子的变化，我们该取用新的词句，新的意象。在过去，诗的词句，是太装饰的；诗的意象，是太抽象的。新时代的歌，须要力的单纯的词句，须要生活的具体的意象。以着单纯的词句，生活的具体的意象，接着现代生活的节奏，谁说我们的诗人不能唱出伟大的诗歌？

诗是有着前途的，而且是有着伟大的前途的。

自然的描绘

现代人，生在都市里的不用讲，即生存在乡间的，也很少有着欣赏自然界的心境。为经济生活支配着一切的现代人，没有时候是可以脱却生活的烦累，就是当人们坐在非常美丽的自然界中，也好像没有功夫看看云，看看树，看看水面的涟漪，他们凝神思索着，谈论着现实生活的问题；现代人，是已经忘却了自然界的存在了。

像在古老的时代，那些诗人或其他的作家们，一时一刻也离不开自然界，一旦离开，马上就感到文思的窒息的这心境，现代的作家是有些不能理解了。自然界能够教给他们什么呢，他们一切的材料，不是可以自他们的社会或生活中取用的么？——“欣赏自然，用自己的笔精巧地再现出自然的美丽而给读者们也来欣赏，这该是怎样的一种奢华的工作呢！我们的时代是不允许我们这样的。”我们的作家将这样地讲。

但，自然，并不因为人类的疏忽而不存在了，无论现代人的生活是怎样地劳动的生活，他便不需要美的休息么？如果自然能够给我们以美感，在可能的限度内，我们为什么要放弃它呢？

至少作为生活的点缀，自然是必要的，纵算我们不相信它会给我们怎样崇高的启示。

然而事实上这种点缀在现今的文艺里是被疏忽了，若不说是被排斥的话。就是偶然有人注意到它，我们所看见的也只是拙劣潦草的笔调。

不认识自然，不晓得怎样适当地利用这点缀，生硬地插进去，反到使人觉得那是多余的，有时甚至破坏了艺术的完整。

如现代人的生活一样，在现代人的作品里，自然仿佛没有地方插脚，排斥了一切的自然的场景的现代的作品，将是怎样地干燥吧。我们随便打开一本新作品，从头到尾好像是吹着沙漠似的风，呼吸不到一口湿润的气息。

现代艺术的手法，其特色是故事的惊人，计划的紧凑，看着使你换不过一口气来的作品，才是最成功的作品，而自然总是悠闲的心境的产物，和现代艺术的特色是不调和的。

反是在那些通俗的恋爱的小说里，我们有时倒可以看见自然的景致，但在这种场合，自然也不是真实的自然，完全是人工的过份地装饰出来的，呼不到清新的气息，而带着浓厚的脂粉的味道。带着脂粉的气味的自然，那更是怎样使人厌恶吧。

如何使现代的文艺在相当的可能的限度内，不破坏其艺术的紧严，调解着那干燥的气氛，容纳下自然的场景，不是我们应当思索的一个问题么？

过着本来就喘不过气来那样匆忙的生活的人们，在艺术中还是总在要求着“刺激吧，更多的刺激吧！”这种心情，不应当看为是时代的正当的要求，那是病态的现象啊！

使艺术成为时代的东西，我们没有理由反对，但使艺术成为迎合时代的病的心理的东西，又有什么理论的根据呢。

我们尽可把艺术作为武器看，但我们不能从艺术中完全抽掉了艺术性，使艺术成了生锈的钝刀的武器。

在作品里适应着人物或事件的环境，轻描淡写的陪衬那自然的布景，不但不消灭艺术的力，反是使艺术不至完全成为干燥的东西的方法之一呢！

自然的场景，就是在现代的艺术方法中，它也是必要的，不能认为完全是悠闲的不必要的。如果想使艺术发着清新的气息，给读者的干燥的生活以润泽，我们在文艺里，不能忘记或排斥自然的布景。

时代的束缚

超时代的文学是不存在的；因为根本没有作家是能够超时代的，但我们时常却说某一个作家，他的思想是远远地超越其时代，这，我们的意思只是，在这一个作家的思想中，是存在着一种较其时代更为前进的思想的成份，而在大体上他的思想还是严格地属于他的时代的。而且我们也时常说，某一种文艺品，是具有永恒的价值，在任何时代之下都不失掉它的光辉，而事实上也因确是有着那伟大的作品，经过了几许时代的淘汰，却还在享受着人类的热烈欢迎。不过，这种作品的长存，并非因为它是有着怎样超时代的要素，反之，那是由强烈的时代的精神和艺术的完整之适当地调和而成。

自然，在文学史上常有那曾经风行于某一个时代的时髦的作品，一经时代的变迁，便渐渐低减着它的价值，而至被湮没了。无需远求，在我们的新文学史中也便有着这样的例子：那在十年前曾以强调的感伤主义深刻地感动了多数的青年的郁达夫先生的《沉沦》，试问现今尚有那个青年读着它而受感动？然而，《沉沦》，无论是显示出怎样艺术的幼稚，它是有价值的，在历史上是有价值的，因为它既在某一个时代上发生了作用，那时代的意义便赋与了它的艺术的价值。

时代的教训是伟大的，它在每一个作家的心上深深地打着一个烙印，它在不知不觉之间，便完全领导了你，支配了你。它成为一种伟大的力，使你不敢反抗它；背叛了它，你将看见一个整个时代的人心的厌弃。它束缚着你的情感，它驾御着你的思想，而且它甚至给你预备好你的创作的外形。

然而，一个时代的思潮总是复杂的，包有多面性，你越是生活在其间，越是感着难于把握住它的中心的精神，但时代之声，像是凶狂的海潮似地，将时时地响在你的耳边，告诉对于作为一个作家的你，这时代是在要求什么，这时代的最大多数的人们在要求什么。如果你不是一个关在象牙塔里的艺术游戏者，如果你不是思想顽固的传统的保守者，那么你作为一个作家，你就应该听一听你的时代的要求。

的确的，这要求是一种束缚，每当你一拿起笔来，它对于你便成为一种威吓。你想发泄你自己的情感，可是它叫你抑制；你想放纵你自己空虚的幻想，可是它把铁一般的现实摆在你的面前；虽然笔是握在你自己的手里，而你会感到在冥冥中有一种更大的力支配着你。倘若你固执地反抗这种冥冥的力，完全信任着自我的发展，马上在你的周围，就有无数的群众愤怒地狂叫着："放下你的笔，放下你的笔吧，我们不需要你！"

在历史上，我们看见无数曾经一时流行的作家，是被这种海潮似的声音叫倒了，而且在现今也有无数的作家是为这叫声所包围，请不要相信他们在表面上的平静与不关心，他们在内心里是在感到可耻的侮辱的，他们就在目前将被这凶暴的怒吼所消灭。

作为一个忠实的作家，是无所惧于这种时代的声籁，反之是应当把这看成如一个小舟的舵。虽然它在我们的发展上给以苛刻的束缚，而这束缚是有益的。

通俗文学解剖

一

通俗文学的问题，严格地讲，并不能算是新文艺本身上的问题；而且现在我所要讲述的这种文学的样式与它的代表的著作，以及其史的发展，都是和新文艺有着很远的隔离。这是中国文学史上一种最特殊的现象：产生在五四时代之后的新文艺，无论是怎样地适应了时代的要求，却是全然弃绝了民族文学的传统，若只从传统的精神之点看来，这种通俗文学反是正统，因此易于为广大的群众所接受；比起新文艺来，在思想方面，不用讲，它们是更能支配着一般的小市民或士大夫阶级；而在文艺形式方面，它们是和半封建的社会生活相应合。加之，在五四时期，作为“白话的”文学遗产，也不能把它们一笔抹煞。所以，就到了民国十二年（五四文学革命后之第五年），当胡适写《近五十年来之中国文学》

时，他仍不能不列举如《二十年目睹之怪现状》和《孽海花》一类的东西为民族的代表作。它们借着在过去的文学史上的根据和在民众间流传的方便，成为封建社会的文学的残余，保持着固有的地盘发展下来。

这类文学的存在，在社会上是不断地发生着恶害的影响，而同时对于新文艺的发展也不能不说是一种阻碍。新文艺在最初的阶段，为获得坚固的存在权，随着思想上反封建的运动，一度曾把它们作为对抗的目标，可是这种对抗的明显的意识是渐渐地缓和下来。因为新文艺自身上的问题越来越复杂化了，都是刻不容缓地需要解决，理论的斗争必然地转了方向：这事没有丝毫的偶然性，新文艺在那个阶段里，其最重要的工作是在于自身的树立和完成，而且显然新文艺的领域的开展也便是传统的势力的减削。如果说直到今天新文艺的地盘并不见得怎样广大，而章回体的小说还是同样地猖獗，这只是证实了后者的社会的根基的深固，不是一朝一夕的努力可以消灭得了的，也不是单独地理论的斗争所能完成的；其次，五四的文学运动是追随着西欧资本主义国家的径路的，不能不与真实的民众越来越隔离了，这也是一个重要的关键；新文艺既不能使民众接受和消化，民众就不能不仰借于那些恶劣的应该为时代所淘汰的通俗的作品。

很明显的是，有着十几年的历史的新文艺，已经成了新的贵族的东西，就是那由文言改成白话想树立新平民文学时的最初的企图，现在都得到了相反的结果。中国的广大的群众的精神上的粮食，仍是由那些被新文艺努力者所轻视的通俗的作家们给养着，所以在中国若不想接触这问题便罢，一经提出它，就得先要明白那些传统的作家们是凭着什么适应了广大的群众的要求，怎样地支配了那些人们的人生观和宇宙观，寻出它们获得成功的缘由，并指摘出它们的恶害，即无异是为新的大众文学开创出一条路线。

但是为什么我不说是“大众文艺的解剖”，而取用了这个意义含浑的“通俗文学”呢？则在我的意思是，可以从纯然阶级的立场而区分的真实的大众文艺，在中国是未曾存在的。我们的真实的劳动大众多数是连字也不认识，只能听说书，小唱或文明戏，看西洋镜和连环图画，而这些是不能就称为大众文艺的。

通俗文学和大众文艺是不同的，因为它们根本上不是为劳动大众而制作的东西。通俗文学的主要的读者是一般小市民，以及一部份在思想上落后的资产阶级和小资产阶级。这种读者的层次，以阶级的立场来看，是非常复杂的。至于劳动人众所作为精神上的给养的小唱和文明戏等，不过是这种文学的一种翻版而更加恶劣化罢了。

在上层社会上流行的通俗文学，是现今劳动大众的文艺的发源地，有着根深蒂固的史的发展的也就是这些普及于各种阶级的通俗作品。我们若想从根底解决，便不能不先给它们作一个解剖。我确信，当一旦这种通俗文学换了新的面目出现在社会上时，如说书，如小唱，如文明戏，也必定随之转变，实际上在过去的数十年间这样的转变已不知有过多少次了。如果这种对于历史的发展的观察是正确的说话，那么我认为这工作的方向也便是正确的，而且是有着无限的社会的意义。

二

这样被定名为通俗文学的代表作，从艺术性来判断，几乎可以说是恶劣的东西；但若从其发生及影响之社会的意义上讲，特别是作为中国文学的正统，它们应该在文学史上占有相当的篇幅，而且不能说是不重要的篇幅。

从史的见地，这通俗文学是与过去数百年的文学相联续，很难把它切成独立的一段；但若追溯到太远的时代，又不是这么一篇文章所能完成的工作。现今所预定检讨的作品，其时期是从清末到现在，这其间应当有五四以前和五四以后的分别，我们虽然同样命名为通俗文学，但在五四以前它们被看为文学的主潮的地位，其作品的价值也较高，因为它们是相当地表现了社会的意义或政治的意义；虽然在传统的精神上，在文学形式上，它们和过去仍有一脉相通之处，而它们对于当时的社会现状，特别是对于官僚阶级或士大夫阶级，确实是下了痛烈的指摘和攻击。这种作品以后是被称为黑幕小说；由这题名，可以理解，那是暴露社会的黑幕和政治的黑幕的。但也有一部份占有相当重要的历史的地位的作品，是薄于较堕落的，那便是继才子佳人说部而起的所谓娼妓小说，不过这也不是毫无意义的东西，它们无意中揭穿了某一定的阶级的生活。这种作品大概是最流行于当时的腐败的知识阶级。若举出这一个时期的代表作品，则有我佛山人的《二十年目睹之怪现状》，李伯元的《官场现形记》，东亚病夫的《孽海花》，漱六山房的《九尾龟》。

在五四以后，文学的主潮显然是转了方向了，而这一派的作品的社会的意义也就越来越稀薄了，它们是成了不折不扣的封建的残余，传统的支持者，它们的功绩还不如它们的恶害。至于它们的读者，也是日渐地减少，至少一切社会的进步的分子，是和它们隔离开了。代表这一个时期的作家和作品，简略地可以指出，李涵秋的《广陵潮》，不肖生的《江湖奇侠传》，毕倚红的《人间地狱》，张恨水的《啼笑姻缘》，最后是陈大悲的《红花瓶》：论作品的性质，有社会的黑幕小说，武侠小说，以及半封建的恋爱小说。

社会的转变决定了这一派的作品的命运，它们早晚是被淘汰了的吧；不过在最近的过去，不，在现今，它们还是支持着，领有着广大的读者之群；至少在目前，它们对于新文艺有着威胁，所以从事新文艺理论的人，就不能漠视它或取一种任其自生自灭的放纵的态度。

在未把这类作品一一解剖之前，我认为有先说明中国的通俗文学特殊性的必要；这和西欧诸国的通俗文学比较来谈，或者是极容易明了的。

现代西欧文化先进的诸国的文学，都是意识觉醒地随着时代转变着，对于艺术的认识与要求总比较地走着正确的路；因此艺术奉仕于社会的需要，是不低于其他一切文化的建设；有时甚至被推崇为文化之最高峰。艺术成了社会的一种职业，并且是受着特殊的待遇为一般人所景仰的职业。艺术在社会上有着这样发展的优越的条件，所以艺术的天才得以不致掩没，而把艺术琢磨成尖锐的有力的社会改造的工具。但因为个人主义的天才的无限制发展的结果，使艺术成了带着浓厚的哲学的气味的深奥的东西，而与一般真实的大众分离了。民众不甘于精神的给养的缺乏，宁可不要那些所谓崇高的而自己不能理解的艺术，也必要自己能够理解的虽然是低级的东西。应着一般民众的要求，通俗的作家们产生了，又因为在艺术的领域里最为民众日常生活需要的是文学，（我们暂把音乐抛开吧）所以就如侦探小说和恋爱小说之类通俗作品发达起来了，这些自然不是单纯的文学的史的问题，更有关于那社会的经济生活和科学文明的发达致成的阶级的对立等社会条件的。但无论怎样，在西欧文学的正统，直到现在尚不是这种通俗的作品。

中国的情形是和西欧完全不同了，艺术被视为像是生活的多余品，并不是绝对地需要，艺术家这种职工在社会上是没有的。官僚或官场失意的文人兼了这职业。因此艺术不是民族精力的精华，而是民族精力的滓渣了。偶尔也有一些奇特的文人厌倦于仕途，献身于学问的研究，而那必定是成了一个牧师似的社会的传道家。一般民众不用讲，就连那处于社会的支配的地位的士大夫阶级，对于艺术也毫无认识和正确的观念；民众自己虽然不断地创造着歌谣或故事，但并不晓得那是有着什么价值，大部份都失传了；士大夫阶级在得意的时候，唱些风花雪月的歌词，在失意的时候，则大发牢骚，或是为显耀自己的才华，写些浮华的文章，其实他们自己也看不起这些，说那是雕虫小技，不是人生正道的。然而可怜我们这个民族在几千年中却只有这些代替了文艺，直到士大夫阶级在诗词歌赋各种形式上掉尽了枪花，到了元朝才开始产生较新鲜的剧文学，创造和收集了些可看的故事。无疑义地，元曲也是词的变形，但我以为它影响于明清的说部，是比其前的一切的散文文学更为重要。明清的大部份的士大夫阶级在文学正统上作了些什么工作，我们暂不用管，只以我们现在的文学史的眼光看来，说部是应该算为文学的正统，而且有着发展的前途。说部虽然也是出于士大夫之手，而那故事最初大都是属于传说的，为民众亲切地理解着，带着浓厚的通俗的意味，就是当它有了三四百年的生长的历史之后，这特色仍未失掉。从说部发展起来的中国的小说总是通俗性的。这和在西欧因为文学的崇高的发展以致与民众隔绝才有一部份低级的作家适应着民众的要求而制造的通俗文学，是截然不同的。

第一，西欧的通俗文学是表现着更显然的阶级意识，它的读者的阶级性是划一的，因此它也就成为有意地愚劣大众的工具；而中国的通俗文学是没有表现着那种明显的阶级的意识，它的读者的阶级性是复杂的，因此它不能成为有意地愚劣大众的工具。第二，西欧的通俗文学，其所使用的文学形式，是和由古典主义一线相传的正统文学的形式，没有天上地下的差别，读者不必非以它为精神上的粮食不可，只不过在其中更感到亲切而已；但中国的通俗文学的形式，完全是民族之独创的，和承受了西欧的文艺形式的五四后的新文艺是截然不同，所以新文艺难于抢夺了它的读者。于是西欧的通俗文艺，大抵是朝生暮死的作品，时时产生，时时消灭；而中国的通俗文学，则往往支持了许久的时代，成了历史上的作品的一部份，如清末的许多这类作品，现在还是不少读者。由于中国通俗文艺的这些特点，它成了比在任何国度里都更严重的问题了。

不过，中西的通俗文学，在本质上，其社会的意义，其获得大众的文艺方法，也是没有什么差别的；它们都是适应大众的要求而发生，结果又是愚劣了大众。它们的成功的秘诀，是就着大众的传统的人生观与宇宙观制造故事，使这故事的可能性不与大众的实生活相隔太远，而大众实生活里梦想不到的欲望，在其中给以满足，大众接近它们可以忘却了实生活的狞恶，而得到麻醉；同时维持着大众的兴趣，不断地使用着“滑稽趣味”，就当大众虽意识到那麻醉力，也仍觉着舒适。大众在实生活里，时时是愤慨社会的不公平，所以也时时地幻想，社会能把这种不平的事除掉，那有多么好，于是通俗作家们便创造了一个故事，说除掉这种社会的不平并不是绝对不可能的，大众有时是有着实生活里不可达到的欲念，于是通俗作家们便体贴着他们的非非想，不顾一切的现实，幻想出一个能够满足他们的欲念的事件，而且还加上一番说教，指导他们如果能够怎样怎样这种欲念是不难得到满足的。

例如，比较地讲，在欧美的低级的恋爱小说中，时常有像这类的故事：一个百万富翁的儿女，恋爱上一个赤贫之家的儿女，其中经过无限波折，才能达到结婚的目的；与此相对的，中国有才子佳人的小说，反父母之命，媒妁之言，由自我的意志而获得男女的结合，这在表面的形式上看，全然不同，而其社会的意义是一致的。在欧洲男女的恋爱虽是自由的，但因为社会的阶级性也就有了限制，一个百万富翁的女儿，绝对不会嫁给一个一无所有的贫民，但他们并不是没有发生恋爱的可能，在某一方面（男和女）必是不可达到的欲望，而这种欲望的实现却只能在那些恶劣通俗文学里；同时，在中国从前是绝对没有自由恋爱这回事的，即使真地一见钟情，也只得害单思病，而小说家却能给与你许多偷情的机会，并且给与你恋爱结婚的实现。

再说，西欧流行着侦探小说，不管如何惊人的强盗完成了怎样超人的奇迹，而结局总是法律得到最后的胜利；在中国则有类似的武侠小说，他们不但不受法律的束缚，反是到处替天行道，自动地作了正义的维护：这因为现代西欧的国家，法制严明，纵无论怎样奇特的案件，也不难得到个水落石出，表现了社会的安全性；但在中国，过去的统制阶级，是比一切的强盗更可恶，喝着人民的血汗，却在剥削人民，在现实中寻不到正义，于是就不能不幻想出那白尽义务的侠客和义士。

总之，从任何国度的通俗文学中，我们是可以研究出民众对于现实的反抗以及其未实现的幻想的欲念。然而虽是民众作为给养的文学，也还是操在另一阶级的代言人之手，所以由激极的斗争，就变成现实的改良，甚至是现实的维护，创造出一些纯幻想的故事和人物，安插在现实生活里，缓和了斗争的情绪，成了愚劣大众的工具。

为说明我给与这种通俗文学的本质所下的论断，我现在预备把中国近二三十年的通俗文学的代表作顺序地加以解剖。

三

黑幕小说是暴露文学。但我们不能因为给它安上了这么一个较新的术语，就把它的价值看得太高。作为一种艺术看，它是低级趣味的，它的暴露性，是下意识的，属于主观的指摘，而且是不澈底的。

这种小说发生于清末，是有着坚实的社会的根据。统治阶级——即当时的官僚阶级——的腐败，权威的滥用，以及对于人民的生活的剥削，是达到了最高的阶段；加之，在外有新兴的帝国主义的侵略，分割了中国的属地，在内遍地有大批的匪盗，使这个封建的帝国落在风雨飘摇之中，使平和的封建的农村社会渐渐地起了经济破产的形势。可是造成种种破落的情况的，民众是不负丝毫的责任，罪过全在吃着皇家的薪俸，为民之父母的官僚的身上；一向民众虽然受着他们剥削和压迫，但只能服从他们，遇见贪官污吏，便忍气吞声，希望早日调换一个清官来。当实在被压迫不过的时候，也许会鼓动起一场小小的风波，以打倒某一个官僚为目的，一般地讲，对于统治阶级还是信任的。

最明了这种统治阶级的官僚之不可靠，不是安分守己的民众，而是与官僚处于同阶级的士人。如果所有的读书人，都变成了官僚，那将没有人能揭破其中的丑恶，幸而还有一些仕途不利的书生，或是较有良心的优秀的份子，他们最初是取自善其身的放纵的态度，到了实在过意不去的时候，才觉得只是放纵是不行的，非揭穿他不可了。所以在《官场现形记》的序文中就有着类似这样的话。

> ……若曰：是固可以贾祸者，我既不系社稷之轻重，亦无关朝廷之安危，官虽苛暴，而无与我之身，官虽贪黩，而无与我之资产，则亦听之而已矣，又何必拂其心而撄其怒乎？于是官之气愈张，官之焰愈烈。羊狼狈贪之技，他人所不忍出者，而官出之；蝇营狗苟之行，他人所不屑为者，而官为之……

不过这种小说作者的动机，也不能完全说是光明正大的，其中也不免有妒嫉心作祟，而是针对着某一个私人，但从其表现上看来，那所写的纵实际上是有某些私人的背景，也绝不是少数人的特行，是可以作为一般官僚的常态的代表的。

因为这种暴露是出自士大夫的同阶级的人，那是被描写得非常细微，可以说是针针见血，然而也就因此意识方面，就有着缺欠。他们在原则上并不认为有推翻这种官僚制度的必要，反之还是希望这种制度的前进和改良，和一般愚民之希望真龙天子和侠客出现的意识相差不多。

次于官僚阶级的腐败，当时最惹人痛恨的，是礼教伦常的破坏，以及社会上欺诈行为的增多和巧妙化。帝国主义的侵略，使中国古封建的农村社会不能再安然地继续下去，被外力所迫成的新的城市创设了，由城市里便产生了新的小市民，他们领有稀薄的封建的农民气质，受着更少的礼教的传统束缚，既遇到竞争生存的社会，便自然地学得而施用了许多欺诈的行为；这种社会由那保守的农民和礼教的书生看来，无异于地狱的再现。于是那憧憬着旧社会的善良的人，在惊异之余，对于这些事件又感到一种诱惑，一般人民为得到好奇心的满足，像《二十年目睹之怪现状》这种作品，就在社会上流行起来了。

这部作品，也像《官场现形记》一样地，大部份仍是暴露了官僚阶级的腐败，这便是因为无论新城市的小市民学得如何欺骗的巧妙的方法，却总有着官僚作着他们的保护人的缘故。在官僚阶级的腐败之下，再加上一层小市民的独特的活动，是《二十年目睹之怪现状》的特色。如果说前者是纯封建社会的产物，那么后者便是半封建社会的了。

这种作品的形式，在那时多少是属于独创的。寻不到适当的蓝本供诸模仿，所以没有从前说部的故事那样严密的连续性，只是生硬地把许多性质相仿佛的事件集合在一起。讲到那写作的艺术，不但是事物的一般化，甚至可以说是事物的拉杂化，文学的形象性是完全缺乏的。若不是借着那所叙述的事件本身的趣味，恐怕作为一部通俗的作品都是有愧色的吧。这书的材料，无疑地完全是一些现成的社会的事件，那作者只是如实地把它们罗列出来，并未经任何的艺术的润色；我们幻想着，其中任何一个较有意义的故事，若是遇到哥果尔那样的作家，是不难写成一部《检察官》或《死灵魂》的。可是数十本《检察官》或《死灵魂》的材料，落在没有艺术根底的中国作家手里，却只能产生一部《二十年目睹之怪现状》。这事实不但证明了这种作家的艺术才干的薄弱，同时是使我们看出他们对于社会观察的肤浅以及缺乏深刻地艺术表现的企图。

与《二十年目睹之怪现状》的组织极相似的，是东亚病夫的《孽海花》，不过这书的局面是更属于上层阶级的；作者的企图也比较地大一些，多少显示了清末的政治上的场景，在这书改编的序文上，作者说：

这书主干的意义：只为我看着这三十年，是我中国由旧到新的一个大转关；一方面文化的推移，一方面政治的变动。可惊可喜的现象，都在这一时期内飞也似的进行。我就想把这现象，合拢了他的侧影或远景和相连系的一些细事，收摄在我笔头的摄影机上。叫他自然地一幕一幕的重现。印象上不啻目击了大事的全景一般。例如，这书写政治，写到清室的亡，全注重在德宗和太后的失和，所以写皇家的婚姻史。写鱼阳伯余敏的买官，东西宫争权的事，都是后来戊戌政变，庚子拳乱的根原。写雅聚园，含英社，淡瀛会，卧云园，强学会，苏报社，都是一时文化过程中的足印。……

暂无论这个作家对于时代的考察和对于政治的见解是否正确，就是他的这些话，都是些骗人的。请读者不要忘记，这序是写在民国十七年，与写作的日期相离好久了。这只是回顾中的说话，像是一个第三者的过份的赞评。东亚病夫，也和他的同时代的通俗作家一样地，是以事件的滑稽趣味作了他的创作的中心；而且为了趣味，他穿插了文人和妓女的色情的故事。

像这类的黑幕小说，一般人都认定是受着《儒林外史》的影响，这也许是不错的，因为《儒林外史》与这类小说在本质上是相似的；并且作为《儒林外史》的第一种特色，是讽嘲——中国式的诙谐的讽嘲，而这些书籍也是同样。讽嘲，是一种尖锐的暴露文学的武器；在揭穿社会武器的时候，是必要利用它的。可是中国人的讽嘲，并不能达到最高的等级，常和诙谐相混同，于是那也变成了通俗的趣味之一。

在《孽海花》里，虽一般地多是诙谐，而却也有着讽嘲，——属于较高级的讽嘲，在这里我想举出一个例来：

就在开卷的第二回里，叙述着龚定庵父子的轶事。据说定庵的儿子名孝珙。晚年贫穷了，所谓“家徒四壁，囊无一文”，于是脾气也就坏透，时常“捶床拍枕，咒天骂地”；可是一到晚上，溜入书房，静悄悄地一些声息都没有了。他的一个爱妾不放心，就偷着听他在屋里捣些什么鬼，只见“里面拍的一声，随着咕噜了几句：停一会，又是哔拍两响，又唧哝了一回。”他的妾忍耐住，闯不进门去，看见孝珙却道貌严然端坐在书案前，案上一边是书，一边是一个死人牌位，而且“他一手握了一支硃笔，一手拿了一根戒尺”，他的妾问他：“这神主是谁的，好端端地为甚要敲他？”他却爽然回答那是他爸爸的神主！

这事不是有点奇怪吗？可是龚孝珙倒也能够说出他所以要敲他爸爸的很好的大道理来。他说：

我的老子，不同别人的老子；我的老子，是个

> 盗窃虚名的大人物。我虽瞧他不起，但是他的香火子孙，遍地皆是；捧着他的热屁当香，学着他的丑态算媚。我现在要给他刻集子，看见里头很多不通的，欺人的，错误的，我要给他大大改削，免得贻误后学。从前他改我的文章，我挨了无次数的打；现在轮到我手里，一施一报，天道循环，我就请了他神主出来。遇着不通的敲一下；欺人的两下，错误的三下，也算小小报了我的宿仇。

这讽嘲是带着一种丰富的文学的形象性，可是在这类的作品中并不多见，普通只是一些通俗的诙谐而已。暴露文学放弃了讽嘲的有力的工具，已经是决定了它的价值的等级了。

黑幕小说，从其社会的意义讲，还是有发展下来的必要的，可是其后并不再有这类的较好的作品了。

四

官僚阶级的腐败，也许是最盛于清末，逼得那“官虽苛暴，而无与我之身；官虽贪黩，而无与我之资产；”的士大夫，都挺身而起，作着本阶级的反叛的工作了。但官僚压迫和剥削民众的历史，恐怕是几千年也不止吧，那么，在士大夫未行指摘之前，民众自身是把他们的痛苦表现在怎样的文学形式之上呢？

我想，这就应当举出武侠小说为代表的。

几乎在中国一有说部，武侠小说便流行在民间了，它的历史是颇为悠长的，宁可说到了清末以后，这种作品已不多见，偶尔有一两部也是毫无价值的恶劣的东西，最后的而也比较流行得广大的一部是不肖生作的《江湖奇侠传》。但纯武侠小说在现代虽已少见，它在通俗文学上的影响并不停止，每一部通俗作品里都制造出一两个侠客义士作为点缀，甚至连恋爱小说中的主人公，有些都是武侠化了的。

武侠小说在中国所以流行而发生着严重的社会的影响，并不只是趣味的关系，因为没有一本这类作品是单纯的侠客的传记，它总是错综地表现出中国的社会，以及一般民众的痛苦与欲念。我们若说过去的武侠小说时常是整个的中国社会的缩影，这话并不为夸大。不过武侠小说虽有着现实的基础，而完全不是写实的，反之，倒是纯幻想的罗曼蒂克的东西。

和黑幕小说不同，武侠小说是非暴露的，它提示出许多社会上的不平不义的事件，却不想给与实际的解决，而信任欲念之无限的发展。表现在文学上的这种放任，是和民众在实生活里一样；他们受着贪官污吏，皇亲国戚，以及土豪劣绅的重重的压迫，而他们并不想从根本上推翻这社会的不良的制度，以获得自由的生存；他们还是信任着剥削者，希望他们主持正义。他们看见实际上的恶官僚，幻想着不私不贪的清官；他们看见狼狈为奸的乡绅，却幻想出那扶贫济危的忠厚长者，总之他们在黑暗的现实中，妄想地建出了天国，使善与恶均得到他们应得的收场。

所以民众首先在幻想中创造出来的，不但是忠君爱民，而也是断事如神的清官，把一切优越的条件和超人的才干赋与他，使他成为恶势力的强敌，例如历史上传说的包黑子就是这样被创造出来的人物。然而一两个清官的能力和用处，是小得很的，纵使他神化，白天断阳，夜间断阴，也不能消除整个社会的黑暗，而且清楚像包黑子类的清官，是百年不遇的事，所以在官僚上不能太多幻想，应创造出另一种人物为民除害，这就是侠客与义士，他们凭着自己的武艺，体力与正直的心，作了社会的义务的监督。

在黑暗封建的社会里，民众每遭遇到或目睹为法律所不能制裁的非正义的事件时，他们并不晓得由于自身的团结而能造成一种不可抗衡的势力，也并不想在根本上求一个解决的方案，只是任着自己的激愤，作出个人主义的英雄的行为。如果真是一个体力较过于常人的，或是真的学得了一点技术，在某种机缘上，借着民众普遍的同情的拥护，他也许能够作出反法律的正义的行动，而结果逃掉法律的制裁。这种特殊的个人的行为对于一般善良的民众，简直是一种理想的实现。

社会上这种特殊的个人行动，供给了民众的幻想的发展，起初只是飞檐走壁的侠客，便能解决问题，所以当作法外的人而创造，及至现实的束缚，加强起来，个人的行为无论如何逃不出法网时，民众使清官和侠客结合在一起，一面给他们超人体力，一面更给他们法律的保障。因此最初的说部是如《水浒》那样占山为王而国家也无可奈何他的反叛，到后来便全是如《三侠五义》式的侠客兼皇上的护卫官了。

武侠小说的这种转变，士大夫也负着重大的责任；大体的故事虽是民众的传说，而集合起来写成一部能流行的书，是要经过士大夫的手笔。他们和真实的民众的意识不同，他们知道社会的不平，但并不切身地感到痛苦。民众为解决他们的痛苦，纵使其幻想的人物成为反叛，也无所顾忌，士大夫则不然，他们不敢反抗皇家，在忠君的原则下，侠客义士才能存在，否则其个人的任何正义的行为都大逆不道的。不只这种忠君的原则，士大夫输进武侠小说里，其他封建社会一般的道德观都尽量地容纳在里边。以忠臣和侠义作为榜样，他们把封建社会的传统，传给群众。借着故事的兴趣，附加在主持正义的人物上，这种传达是收到极有力的效果。

本是可以成为民众对现实之反抗的表现的武侠小说，因为民众斗争意识的缺乏，因为士大夫的渲染，就成了欺骗民众的读物了。在其中民众只能得到麻醉，为一种不可实现的幻想欺骗着，安分守已忍受现实的痛苦，而空空地期待清官和侠客的突降，把一切对恶的反抗心缓和了。

这种读物反映在社会上的恶影响，是加强了封建社会的存续力，就当实际上封建社会已开始崩溃的时候，它仍然捉握住一部份无知识大众读者。中国民众，直到民国初年，还在希望真龙天子出现，拥护着那能争惯战和私人品行较佳而每日从事大批地杀戮民众的工作的军阀，这能说不是这类读物的影响么？

武侠小说的发展，是这样地渐渐脱离开现实的基础，结果只剩下了一种麻醉的幻想，毒害着民众了。当民众一经发觉这种读物给与他们的希望，完全是欺骗的，自然地对于它们的热情便冷淡下来；虽然过去历史上传下来的遗作，不能阻止其流布，而也不会再热烈地要求新的作品的产生了。

同时在作者方面也遇到无限的困难。从前有民众借着实生活的事件，撰造出的传说，作者一加收集或编排，便能写成一本大书，现在民众已没有再创造这种传说的心情，作者失掉了故事的根据，只凭空想，很难以圆好这个扯天的大谎。忍着困难写出来，也不会怎样精彩，而其影响的限度，更是无限地缩小了。

举《江湖奇侠传》为代表吧，无论据一般传闻说，那是在中国社会上怎样地流行，其实民众对于它毫无感应已是显然的事实了；它的影响的范围，只是未成的儿童，对于现实毫无认识的十七八岁以下的儿童。

儿童是比民众更容易欺骗的；民众在文学上要求现实，儿童则能全然满足于幻想；任何拙劣的作家，比儿童的知识更丰富是不成问题的，再加上一些圈套，儿童就更当作真地相信了。在《江湖奇侠传》里，当作者不能自圆其说的时候，他便成心捣鬼了。下面这样故意骗人的话语，是随处可见的：

> ……且慢。在下写到这里，料定看官们心里，必然有些纳闷；不知常德庆毕竟是个什么人，如何来得这般凑巧！这其间原委，也止是说来话长。而且说出来，在现在一般人眼中看了，说不定要骂在下所说的全是面壁虚造，鬼话连篇；以为于今的湖南，并不会搬到外国去，何尝听人说过这些奇奇怪怪的事迹，又何尝见过这些奇奇怪怪的人物？不都是些凭空捏造的鬼话吗！其实不然；于今的湖南，实在不是四五十年前的湖南。只要是年在六十以上的湖南人，听了在下这些话，大概都得含笑点头，不骂在下捣鬼。

其实不要“年在六十岁以上的湖南人”，凡是一个稍有判别力的任何地方的成年人，“听了他这些话，都得含笑点头，骂他是捣鬼”的。只有儿童，或者会相信这种欺骗吧。

《江湖奇侠传》对于儿童的影响，是有着显然的史实可考。前几年在上海和香港的报纸上，记载着这样的事迹：三五个儿童，平素喜读剑侠小说，以致梦想去学道；于是瞒着家庭，拿学费当路费，买了船票要到昆仑山去。因为一个年幼的儿童，不忍离家，放声哭泣，才被发觉，结果被父母领回家去。

在这几个特殊的儿童的心中，书的影响是太大了，不但支配了他们的幻想，简直要实际行动地表现出来了。旁的儿童们，或者没有这样的信仰，但他们日常的幻想，完全为其所支配着，是不容否认的事实吧。无论那一个人，请试同读过这种书籍而影响也较深的儿童谈一谈看，你将费了许多的口舌也难以使他们不相信书中的事实是可能的。

但像《江湖奇侠传》这种书之影响与儿童，决不因为它是有着儿童文学的特质，武侠小说的读者由广大的民众转到只限于无教养的儿童上，不过是证实它的堕落而已。

由上列几点我们可以看出今昔武侠小说的不同，并证实它的堕落：

第一，从前的武侠小说虽不能对于现实的问题给以正当的解决，但仍提出现实的问题来，表现了民众的真实痛苦。如今的武侠小说，几乎连实生活的痕迹都没有了。

第二，从前的武侠小说，其构成是由许多现实生活的插话联系着，中心的趣味也是在这些插话上。如今的武侠小说，完全成了侠客义士的传记，毫无内在的联续性。

第三，因为趣味中心的转变，因为现实生活的缺乏，过去武侠小说所保持的尽量接近现实的态度，如今已保持不住了。于是主人公只能飞檐走壁，已不够维持读者的兴趣，武侠变成了剑仙，真实性丧失殆尽。

第四，能流传至今的过去的武侠小说，在文字上都有相当的成功，其所使用的语言是适合于故事之本质的封建的语言，如今的武侠小说，是毫不注意文字的修饰，而且语言性和故事性也失了调和，恶劣到不堪卒读的地步。

不过，这种种堕落是根本由时代决定了的，武侠小说在现在的中国社会上，已是无法复兴的死去的文学形式了。

五

几年前有一位先生编了两三本五四后的新小说选。根据这选本，其后另一位先生作了一个统计，说其中百分之七十五是写恋爱的，于是慨然于新文学的内容的单薄，并证实了其所以不能与传统文学的销路相对抗的根原。

这统计是正确的，然而对于这现象的解释是错误的，那不能作为加罪于新文学的理由。一切的文学的表现，是不能离开时代的一般思潮而得到正确的理解：五四的时代思潮，主要地是属于个人主义的，站在个人的思想与意志的自由解放的立场，清算过去的一切，以推翻封建社会的传统为胜利。在许多社会的革新之中，争夺性爱的自由，也是最主要的一点；所以这自然地要返映在文学上。五四后自由恋爱的获得，成了青春的胜利的歌；在另一种更重要的社会的意识未觉醒之前，这歌声是要不断续地唱着。而且五四后的新文艺，继承了西欧资本主义的文艺的传统，学得了许多恋爱的新的表现法，那对于中国的青年成了一种诱惑。

恋爱或性爱的题材，在任何国度的文学上，都有着不成比例的大量。有人分析屠格涅夫的作品，得到一个结论，说屠氏没有恋爱题材写不出小说来。屠氏只是西欧文学的一个代表的例，并不怎样奇特的；法国文学在两性关系的研究上的特殊的发展，凡是有文学常识的人，该不会否认的。

把恋爱的作品，看为是单纯的两性的性关系，是肤浅的看法。恋爱这事件，有着严重的社会的意义，而且也总是表现着严重的社会的意义；和穿衣吃饭在生活上有着同等重要性的事，焉能不成为一种重大的社会问题，而反映在任何民族的文艺上？从恋爱题材的本质，从各自取用恋爱题材的方法，我们不难看出一个社会各种结构的形象。过去的西欧的作家，把恋爱题材作为人性的研究的代表的事件，远隔开恋爱所牵连的种种重要的社会问题，以致使恋爱一般化了，那表现也就变成曚昽的，失掉了它的中心的意义。于是恋爱的题材成了滥调，而为人所厌弃。这和在中国的情形稍有不同的。

真实的恋爱题材在中国几乎可以说是没有的，因为数千年的中国封建的社会根本就没有恋爱这回事。人生中这么重大的一个问题，是被旁人所决定自己只信任着命运。这制度的弊害似乎很容易理解，可是长期地为宗法的说教维护着，利用人类的羞赧的弱点，这制度延续下来，甚至成了天经地义的原则。

对于这制度的意识明显的反抗，而反映在过去的文学上的我们很难寻得到，不过，另一种调和主义的婚姻制度似乎早已表现在说部上，例如，武侠小说中的侠客义士，男女配合，大抵都是彼此先见一面。更由武艺的比试，才定终身，在这种场合，一向是双方满意的，作者给他们配合得适当。像这类公平的月下老人的作者的态度，无形中是表现出他虽然看清封建的婚姻制度的不良，而又不敢澈底地反抗它，在父母之命媒妁之言的原则上，加上当事的男女的同意这附带的条件。这种通融办法，在实社会上或者也不是绝对没有的吧。但这不够解决问题的，人类常态的性爱的要求，不因此能得到少许的缓和。

这样，在我们过去的文学的领域里，便不能禁止有表现纯性爱的作品产生了，然而，因为是在没有自由恋爱的封建社会里，这性爱的表现，是取了极特异的方式。若概观地讲，即：一种是表现在才子佳人小说中的恋爱方式；一种是表现在妓女小说中的恋爱方式；间或也有一二特例，如以《红楼梦》而说吧，那是超于前两种方式的，而且更明显地表现出对于封建的婚姻制度的反抗。可是《红楼梦》没有得到较佳的后继者使其进步的发展，终于和滥调的才子佳人混同在一起了。

给以上两种方式的，性爱的作品，在文学上打下根基的，是元曲，那有名的《西厢记》是才子佳人小说的代表作，其次，《元曲选》中的十分之四的篇幅，都是妓女恋爱的故事，不过在后一种，较近地还可举出《花月痕》来，它是直接地对于《九尾龟》之类的小说发生着很大的影响。

这两种性爱的方式，虽然表现在文学上是那么地不自然，实际上却是只有的方法了。所谓“才子佳人”者，一面就是秀才书生，一面就是千金小姐，他们在封建社会上本是属于门当户对，有着结合的可能的，但只缺少一个自由意志的恋爱。而且往往这双方一见倾心的恋人，并不能就可以结成伴侣，他们若守着传统的规则，唯有把这秘恋隐藏在心里，令其自生自灭；反之若是性爱冲动到不能再为传统所束缚的时候，他们就得拿出勇气，冒险作一次偷香窃玉的工作。这种事在没有自由恋爱的社会上，非常地带着一种诱惑性，大概是很风行一时。把那有着漂亮女儿的父母或假道学先生除外，恐怕有很少的人不在这种风流事件上感到痛快。青年人不用讲，大多数的老头子也必定是颇喜欢偷着读这种故事的。但因为实际上才子佳人的方式并没有多大的变易性，表现在文学上也不便会弄出怎样的花头，是必成为千篇一律的了。

我想请读者注意的是，这种作品在其发生时，也不能说是完全没有社会意义的，它是不满于封建的婚姻制度的表现。没有父母之命媒妁之言的婚姻制度，是不会产生这类作品的。受过新思潮的洗礼的现时代的人，对于这种东西，有时是要觉着滑稽，不再受强烈的感动了。可是就到如今，中国社会上还有着无数的人群，是没有获得自由恋爱的权利，所以读着这类作品，仍能感到欣悦。那从才子佳人小说一线发展下来的鸳鸯蝴蝶派，其所以还能流行，也便是因为有这么一大群的读者的关系。

与才子佳人小说差不多同时发生的，也是表现性爱的，是妓女小说，这比才子佳人的偷情，是更明目张胆的自由恋爱，在封建社会里，妓院是唯一的自由恋爱的场所。才子佳人的自由结合，步骤是神速的，由定情而至成奸，双方并没有多少认识，差不多还是陌生的人，表现不出真实的恋爱的各种阶段。加之，这事件里是含着一种危险性，远不如在妓院里来得自由。封建社会的妓女，一般地虽也是以金钱为目的，但她们并不完全失掉自由选择丈夫的权利，特别是那些较有姿色而有积蓄的特殊阶级的妓女。从这一点上讲，在封建社会上，有些妓女的确是比许多大家闺秀更自由得多了。

不过，一般妓女小说上的表现，我们不可信为是真实的，其中不少欺骗的成份。主要的一点，就是妓女的诗化和美化，而对方的男性的痴情化。这是按照作者的希望创造的结果。为使男女双方成为真实的恋爱的对手，一面把妓女的知识和情感提高，一面把那用金钱放纵肉欲的男性的心理严重化，使双方站在平等的水准上，才好开始恋爱的场面。所以即可以作为恋爱之主人公的妓女，大抵多是出自名门，有着可怜的沦落的身世，不但多情善感，而且工于诗词，正合了青年文士的要求的程度。于是也就和才子佳人的小说内容相差不多了。

对于这两种封建社会的恋爱方式，我们万不能疏忽过去的一点，即，那是完全属于有闲阶级的一小部份人所能享受的特权，民众绝对与此无缘的。一般民众在实生活里既无真实的恋爱生活，所以也就没有恋爱的表现；

因为他们对于任何种事都是单纯的，才子佳人式的花头他们设计不出；同时，他们也没有金钱和才情足以感动或获得一个名妓的爱，像卖油郎独占花魁的事，是绝对稀有的例子。

因此关于民众的恋爱生活，我们看不见文学的表现，那在实际上本就是缺少文学意味，我们所能听到的，多数是从社会的秘密中不得不泄露出来的奸杀的故事。由此，另一种论断我们也可以得到吧：是否恋爱这事在封建社会里只是极小部份的人的一种特权呢？

才子佳人小说和妓女小说继续地成了中国恋爱文学的方式，在通俗文学的这一线上，直传到今日的张恨水，在他的前期的代表作《春明外史》里，也还多少有着妓女小说的原素。既至他的《啼笑姻缘》，看不见这种影子了，然而那爱情也是由金钱购买来的。

《啼笑姻缘》所表现的恋爱是复杂的，必然牵连到许多现今存在着的社会问题，不过他也和一般通俗作家一样地是处无意识的状态中。从这作者时时泄露出的意见中，我们不难断定他是封建社会的支持者，他对于现代社会的认识是和受些教育的一般小市民相等，他借着纯幻想的故事给小市民在实生活中的欲求以满足了。对于张恨水的作品，以及他的社会的影响的分析，将占去较多的篇幅，现在只能列在我的预约之内了。

六

我在开头上说，通俗文学的问题，并不能算是新文艺本身上的问题，但是它和新文艺有着不可切断的葛藤。它作为一种文学的传统，在现代社会上支持着它的发展，它不能直接地打击新文艺，已是无疑的了，但它间接地妨害着新文艺的发展，减削着新文艺的读者。为使新文艺在社会上获有广大的群众，扩大它的影响，新文艺的理论研究者，必须负起这解剖的责任来。而且作为文学史上的问题，这也颇有重大的意义。

现今，谁都晓得，这是一个非常严重的问题了。但我们不能只把这严重性，放在口头上或是放在他种文章中的附带的笔头上，应当把它看为是一种重大的工作，专门的工作。

我自愧得很，本文只作了一个原则的分析，没有深进到各个作品的解剖。我想，我在这篇文章里，提出几个意见，是可以作为后来者的参考的吧。第一，通俗文学在过去即是民族的代表的文艺，它比那更上层的士大夫的文学，更能表现了时代的意义，也更表现了现实给与人民的压迫和痛苦，不过，它的制造者总缺乏对于社会认识的明显的意识，所以容易流为滥调。第二，通俗文学在其发生时，是对旧社会的反抗，但它不能随从时代的步骤，结果反成了对旧社会的拥护了。第三，通俗文学，其作者的思想和情感，是绝对适应着民众的需要，求给以不正确的教训的意味，操持在士大夫的手里，便成了对民众输送士大夫阶级的意识的工具了。第四，通俗文学，是根据民众实生活上的空想的罗曼蒂克的作品，把民众在实生活里不能实现的欲念，在文学上给以完成，而普遍地用一种滑稽趣味维持着。

从对于通俗文学的理解，我们可以反证新文艺在现社会上不能领有广大的群众的原因，而决定其所应取的路。若是牵连到新文艺的大众文学的建设上，更可作为一个极有意义的参考。过去的通俗文学是以其内容的中心思想开创出它的形式，则今日主张利用章回小说而制造大众文学的人，无需多加说明，那是陷于怎样误谬。

这研究现在作为一个起点，其中所提出的问题作为未解决的问题，希望不论站在任何立场上的研究者，不要意气用事，平心作真理的探讨。而且更希望把这些问题的重要性，宣传广大，能使多数的研究者在这方面努力。

（附带声明：此稿草成，曾得诸好友的帮忙和指教，作者对他们表示无限的谢意。）

研究的断片

中国人的幽默

我曾说过中国民族是不适宜于幽默的民族，因为一切所谓文学，历代几乎都是把持在士大夫阶级的手里，而士大夫阶级的气味是最反幽默的。间或在平民的文学里，我们可以看到类似幽默之类的东西，但那与其称为幽默不如称为诙谐更为适当，因为在这种诙谐里是包藏着一种下流气，比起我们普通称为幽默的智慧的隐喻，是不可同日语的；反之，这种诙谐倒是与一般杂耍场中的相声那种下流的贫嘴是极为接近，也许现今流行的相声就是从平民文学中的诙谐发展起来的吧。

在平民文学里，这种诙谐为了维持读者的兴趣时常是非常不适当地硬插进来的，严格地讲当是有害于艺术的完整，不过当我们明白了作者的用意时，也就不甚苛求，而不妨随着作者笑一笑，至于那些普通的读者，若读到像这种地方时，他们是会哈哈大笑的。

在《三侠五义》这类书中，这种例子也颇不少；为明白中国的诙谐倒底是怎样的东西，我们举出一两个例来看吧。在第三十五回书中，写到冯君衡瞧了他的表妹一眼，于是作者就诙谐地解释起来了：

> 他这一瞧直不是人，是人——没有那么瞧的。往往书上多有："眉眼传情"，又云"眉来眼去"。仔细想来，这个眉毛竟无用处，眼睛为的是瞧；眉毛跟在里头，可搅什么呢？不是这么说吗？要是没有他，真磕碜。就犹如笑话上说的——嘴合鼻子说："哈，老鼻呀！你有什么本事，竟敢居在我的上头呢？"鼻子答道："你若不亏我闻见，你如何分的出香臭来呢？"鼻子又合眼睛说话："哈，老眼哪！你有什么本事，竟敢居在我的上头呢？"眼睛答道："你若不亏我瞧见，你如何知道好歹呢？"眼睛又合眉毛说话："哈，老眉呀！你有什么本事，竟敢居在我的上头呢？"眉毛答道："我原没有什么本事，不过是你的配搭儿。你若不愿意我在你上头，就挪在你的底下去。看你得样儿不得样儿。"——冯君衡他这一瞧，真是把眉毛错安了位了。

这像一切的下流的贫嘴一样是变相的骂詈；同时也

像一切下流的贫嘴一样，这骂詈若细加琢磨，是并不十分适当的。从这种诙谐中可以看出平民文学中的士大夫气，因为骂人已经骂得巧妙了，而这种士大夫气，就是一般无教养的平民也很容易接受，或者换一句话说，很容易受到传染。所以说中国社会上流行的相声的玩意儿，最初是平民从士大夫学得来的，大概没有什么错误；不过一到平民的嘴里，就越来越下流，结果成了十足的下流的贫嘴。

像从这样的诙谐里我们可以看出一个原则，即用诙谐来掩饰了骂詈，成了我们所谓的"挖苦"或刻薄，这笑也不是好笑。但有时虽同样还是不脱刻薄气，而不是作者故意编排出来，只借着风俗人情的描绘，作成的诙谐的例，也是有的。这在《续小五义》的第九十三回中，写穷爷爷打擂的一段，最为描写得活现。原文虽较长，但为想说明中国人的幽默的样式，是必要引过来的。

> 单说这穷人困苦到这般光景，还有什么心肠打擂？皆因教大家督催，实出无奈。……他替马龙着急，心内想着一比势，他身后有一个人，就教他肘了一个筋斗。那人扒将起来，捣着前胸，"嗳呀，嗳呀"的哼哼说："朋友！你看天到这个时候，也该找找去了。你瞧我们这些人，看完了打擂，回到家中全都有准饭。似乎尊驾，你得现去找去；若要过

了时刻，谁能与你预备那么现现成成的，我说的是好话。”

把这位爷说得气往上一冲，说：“你管去找不去找，与你何干?”那人说：“我本就是劳病，你冲着我心口给了我一肘；你不管我受得受不得！你看，瞧热闹的人甚多，谁象你带比架势的？真有本事，上去与这位台官较量较量；真能把这个台官像我似的踢他个筋斗，就是一千两；打他一拳，也闹五十两，换换衣裳，这是何苦哪!”穷人说：“我不爱换衣裳，你管不了俺的闲事!”那人说：“我是管不了。别的话没有，我上你前头站着去。”

可巧穷人又看见马爷打出去一拳不到家，自己又一比势，说：“要是这样，可就打着台官了。”砰的一声，又打在那个人的后心上。那人嗳呀一声，往前一栽，要不是人多，几乎也就栽倒了。

那人回头恶很很的说：“穷鬼！你穷疯了罢！我前后没躲过你去。既有这个能耐，何不上去露露脸去？就会欺服我呀!”穷人说：“我是替那个朋友用力。”那人说：“你再替那人用力，我就死了！你是好朋友，上去!”穷人说：“我上去就上去！可惜我如今衣衫褴褛!”那人说：“不在衣衫；真有本领，人家给你换衣服。就怕你不敢上去。”穷人说：“被你说得我倒只得上去了。”那人说：“很好!”穷人看了看自己衣服……还是不肯上去。

那个被伤的，本是个坏人；暗暗约会了十数个人，把穷人往起一挤，大家一着手，齐声一喊，说："穷爷爷到了！"就把那个穷人挤上台去。……

在这里似乎没有作者自身的刻薄，而是写到下流贫嘴的人，文章成了诙谐。若比起前例，是稍稍有些差别，然而也是大同小异吧？

中国人的这种诙谐，在现在的文学上也还延续着，只是换了一个名称，叫做幽默了。不过幽默总脱离不开下流贫嘴，其前途是颇为危险的。

红楼梦之谜

——纪念亡友赵广湘

只有中国民族能产生像《红楼梦》这样的书；而同时却也只有中国民族对于一部艺术品会生出那样的曲解。《红楼梦》已有一百多年的历史，可是一百多年来它是生存在黑暗之中；这不是因为人们对于它的冷淡，反是因为对于它的超限度的热心了；在表面上它虽然仿佛是获得了空前的荣誉，使那一向视文学为雕虫小技的封建社会的文人或学者苦心地给它作了"索隐"，甚至产生所谓"红学"，但那工作是与它的自身无关的，而是更加转移了人们对于它的应有的认识。真实的艺术，也和铁似的现实一样，它自己会讲话，会在大众之间发生着影响。

这部书确实领有了多少读者，真是难于统计的——一个惊人的数目必定是有的吧！而且每一个读者，是怎样受着这书的感动，我们也无从测量，只是由我的记忆所及，在一二十年前，我们在报纸上时常可以发见类似这样的记载：一个青年读了《红楼梦》，为林黛玉而发痴，以致于昏迷颠倒断送了生命。的确的，在一个极长久的时间，《红楼梦》对于青年读者，是变成了一个魔法师，一个妖婆，一个吸血鬼。有经验的父老们，是要禁止他们的孩子读这本书的！可是这种严重的社会影响，并不为“附会的红学”家们所注意，他们仍是牵强附会地影射着武断着，使这部巨大的艺术成了中国民族的稀有的谜了！

到了五四的时代，文学一般地开始了一个新的黎明，特别是白话的文学，得到了特殊的优遇，于是《红楼梦》就被文学革命者们看为宝贵的文学遗产了。“附会的红学”是被科学化的新的考证所打倒，传统的谜被剥去了一层皮，可是他们停止在那里，并没有前进到真实的文学的研究；其社会影响的恶害，仍是没有为人所注意。所以若不是中国社会根本上起了几次激剧的变化，《红楼梦》恐怕还是继续地作着杀人的凶手吧。

在这里我愿意提供出一段私人的报告。我确信，读者们由此可以理解在某一个阶段上《红楼梦》是怎样地魅了那些进步思想的青年，而他们对于这书又是怀了怎样误谬的见解；这见解从中国文艺批评的发展上讲是新的，而其实还同样是腐旧的，几乎是与“附会的红学”有着同样的误谬。

约七八年前，我们有几个朋友一起停在东京，多数是学文学的，只有一个是哲学，那便是《静静的顿河》的译者，而也就是如今我在纪念着的亡友。他是生长在北方的一个乡村里，家里是一个小地主，他虽然很早就到了城市里来求学的，可是他始终没有染上现代都市人的气味，在他的血脉里永远是流着农民的血液，而他受的封建思想的恶害，至少在我们之中也算是最深的。我不愿按照俗例，无实证地赞颂他的天资，但在我们几个最亲爱的朋友之间他是一个思想上的权威的事实，无论如何我也不能抹煞的。在他本职的哲学的研究之外，他也非常嗜好文学，特别是对于英国文学，狄根斯，赛克雷，世丽奥特，就不用提莎士比亚或伊丽沙白时代的许多诗人了，那是他的得意的作家。对于中国文学，他不知道什么，但只有这部《红楼梦》却是他的“命根子”！他，还和我们中的一个朋友，当时被我们称为两个“无聊鬼”，两个病于《红楼梦》的“无聊鬼”。他们澈夜地读它，一再返覆地读它，谈话的题目也总是它，这样延续了有半年以上。他们对于《红楼梦》的熟练，使你惊异，不管你翻开任何一本，从任何一段上读出一句，他便可以流畅地背诵下去。

当然，他们是远远地超过了那种因《红楼梦》而发痴的阶段了，但我总是疑心当他们读到书中的感动处，他们能否抑制住心灵的颤抖；无论他们怎样隐藏，那书对于他们的生活，对于他们的精神状态的影响，是朋友们都可以一眼看穿的，《红楼梦》书中的世界罩住了他们的实生活。

经过了一番像这样的《红楼梦》的热狂之后，请想，他们是怎样地理解这书呢？我的亡友，那个善良的农民之子，那个有教养醉心于西洋哲学的青年，其后在给我的一封信中，开头却这样说了：

> ××，我实对你说吧，我也想学甄士隐，贾宝玉等去当和尚去了！

当时我们虽然相隔有数千里之远，我确信他这话不是一时的发作，我很能理解在一个深受封建社会的毒害的人的心灵上，《红楼梦》这书是能够发生怎样的魔力。但他所得的这结论，还不是一个庸俗的普遍的例子，那是由于一番玄学的不适当的思索而成的。他的意见自然没有什么稀奇，可是那给我们一个证例，——在某种阶段上《红楼梦》是发生了怎样的影响。

我的朋友在引了一大段哲学家 Spinoza 的话语之后，他更继续解释着说（我照原信一字不动地照抄在下面）：

……一个人的苦乐全根于他所爱的东西的性质，如果他所爱的东西是有限的，一定将免不了痛苦；因为有限的东西免不了死亡，免不了为他人所占有，这都是酿成痛苦的根源。就是在没有死亡，没有被他人占有的时候，也怕将来是要死亡或被他人所占有，因而生出畏惧，惶恐，嫉妒……等种种情绪，扰得心境不安。但是人世上有没有所谓无限的东西呢？在我实在是寻不出一样来。那末，我们要避去痛苦，只好灭绝爱情，毁除欲望，而宁可作成个无知的木石。一个人有了这种觉悟，便是所谓"看破凡尘"了。（老子把"使民无知无欲"作为最高的政治理想，恐怕也是这个意思吧，）懂得这个意思，便明白《红楼梦》的真味了；懂得这个意思，便明白甄士隐和贾宝玉为什么要出家了。而《红楼梦》的价值，就在写宝玉得到这种觉悟，写得十分自然，是经过许多痛苦折磨后几乎不能不走上这条路上去。

第一回中，甄士隐失去爱女，家宅被烧，正在痛苦连天的时候，在街上遇着一个和尚，那和尚口唱着什么"好了歌"，待士隐问，"好了，好了"地唱些什么，那和尚说："好便是了，了便是好；若要好须得了，若不了便不好。”试想这和尚所说的“了”，是什么意思呢？他在上边说，人人都羡慕神仙，但都是忘不了这个，忘不了那个，可见“了”字的意思是“忘了一切”，换一句话说，就是灭绝一切欲望，对于任何事物都没有毫毛的执着，因此也就无所谓快乐，无所谓痛苦了，心境成了一种永恒的平和；要这样便好了，便是神仙了，甄士隐受了这个歌儿的启示，所以顿时就同着和尚去了。

像这种对于艺术制作的玄学的解说，现今的读者也许会笑他的迂腐了，但在“附会的红学”之后，这议论似乎也是形成一个阶段，虽然他的误谬的程度也是同样的。

看了《红楼梦》，或是为书中的情节发痴而至伤生，或是用着玄学的理解而至“觉悟”，或是按照传统的文艺观念拼命作着索隐，在其原质上，我们可以看出他们有一脉相通之处。我们首先不可忽略的，是《红楼梦》这书的艺术的魅力，它能把一种艺术的地制作出来的故事，使读者确信那是绝对真实的事件，由此强有力地传达出它的感染力。更因为他所纪录的时代或社会是封建的，他制作的艺术方法是封建的，最特殊的是他使用了过多的宗法社会的艺术的象征的方法，所以在读者的心中总是复活起封建社会的魔力。一切不能客观地分析了这书的组织细胞的读者们，必然地为它所祟，而它的影响也便成了恶害的。

因为读了它而发痴而觉悟的读者不用说了，就是那好像是超乎其影响之上作着“索隐”的人，也是同样。

《红楼梦》之谜，我们不能纯然看为是这书的单有的现象，它是表现出中国民族对于艺术的整个的观念，是艺术为封建思想所支配的代表的例。

曹雪芹写死

在中国的旧文学里，描写人物之死而成为悲壮的场面，是非常稀少的。如《红楼梦》这种只以儿女的情事为干骼的书中，写到比较重要的人物的死，是极容易陷入于感伤主义的，那不但失却了死的严肃，有时将会成为滑稽的吧。但《红楼梦》的作者，每临到死的场面，却总能避免开过份地伤感，使死不失却了它的严肃性。这一点，我认为是这作者的成功，而这在中国的旧文学里，也是比较独特的例子。

《红楼梦》的作者的生活体验的丰富，是不容许我们怀疑的，我们相信他不但亲眼见过死，而同时也必定是深尝着死的痛苦的经验，然而他却总是抛开死的正面，从旁面描写起来，利用着宗法社会带着神秘性的迷信，使死成为一种森严的事件。

在全书里，作者比较用力写的几个死的场面，顺序地讲，有贾瑞的死，秦可卿的死，尤二姐的死，晴雯的死，最后是林黛玉的死。至于贾母的死，虽然是以贾府的衰落为陪衬而显出凄凉的景况，但那是所谓“寿终正寝”，与死之本身无关的。

贾瑞，在他活着的时候，是丝毫都不使读者同情的那么一个可厌的人物。但在他临死之际，作者却赋与他一种真挚的情感；在写实的手法下，作者使他成为真实的，而令人发生怜悯地同情的人物了。无疑地，贾瑞之爱凤姐，只是一种色情的冲动，但在《红楼梦》作者记载的那种宗法社会的时代上，一切形式的恋爱都是含着色情的主要的原素，所以不能因此，我们便轻蔑这个人物的一切。当他受了凤姐的欺骗以至残害，病倒在床上，一个自天而降的跛足道人，表面上是为救他其实是在作着人性的试验，给了他一个錾着“风月宝鉴”的，一面是骷髅，一面是凤姐的影子的镜子时，他宁愿死也不悔误，而且在死后阴魂还讲“让我拿了镜子而走”的这种痴情，是足以补偿了这个人物的一切可轻卑的性格与行为了。这是作者虽然尽力显示着客观描述的态度，但我们不难窥探出他对于死者的同情来的。

懦弱的尤二姐，一方面和她的妹妹的刚烈相对照，一方面和凤姐的阴毒相比示，作者把她写成一个可怜虫似地傻好人了；她的死完全是她自己的性格招来的，而且就连她死时的情况，仿佛都是懦弱的。但对于懦弱的人物，《红楼梦》的作者，一向是很少同情，他就在描写这样的性格上，也像是不十分地得意，请看，虽同是姐妹，迎春是怎样地不如探春写得活跃，尤二姐又是怎样地比尤三姐显着愚蠢，所以尤二姐的死不能写成精彩的场面，倒像是为了完全这个人物的统一的性格的了。因为由作者看来，她的死是比她的生更为幸福的。但像我们一般的读者对于这样的人物所必起的怜悯心，作者也并不缺少；只是这种怜悯心不能就成为适当的同情，他不能深刻地体贴着这种人物死的痛苦，除去因为尤二姐的过份地善良他更寻不出使人释然的理由。因此他不得不按照因袭的解说，把这死写成为报应的循环，借着尤三姐的阴魂的口，作者说明她的死的理由："……只因你前生淫奔不才，使人家伤伦败行，故有此报……"像这种死的解说，在《红楼梦》这书中，是怎样反常而令人不快意的事！

如果说尤二姐"使人家伤伦败行"的人，那么只在贞操之点上秦可卿是丝毫也不能比她更强的，她们之间的最大的差别，就在一个是懦弱，一个是能干，而也是因此，作者写秦氏的死使读者觉得毛骨悚然。我们没看见秦氏在死床上是受着怎样地痛苦，甚至隐讳得我们不能够理解她究竟是怎样死的，可是这死的严肃性，是被传达出来：

> 凤姐方觉睡眼微朦，恍惚只见秦氏走进来，含笑说道：“婶娘好睡！我今日回去，你也不送我一程……”凤姐还欲问时，只听二门上传出云板。连拍四下，正是丧音，将凤姐惊醒。人回：“东府蓉大奶奶没了！”凤姐吓了一身冷汗……

这恍惚的梦境，这在深夜间连扣云板的丧音，是怎样地表现出宗法社会上死的特殊的神秘和严肃！

以梦作为死的传达，是《红楼梦》的作者最喜用的技巧，而同时也便是最能表现宗法社会的死的神秘的一种特色。同样晴雯的死就叙述在宝玉的梦里。

显然，对于作者以及对于读者，晴雯是比秦氏和尤二姐更为可爱的人物，她的死，是更值得人们的伤痛。所以作者不但自己忍耐着，而且还用两个小丫头的口吻，把那死作了一番美妙的解说，缓和了读者的情感。那个伶俐的小丫头信口胡诌的晴雯未死而成了芙蓉花神的话，读者固不相信，作者自己也是不相信的，但由这里我们是能够看出作者怎样设法避免感伤主义的苦心来。

最后林黛玉的死，那是八十回书以后的事了；如果现在我们已经确定《红楼梦》的后四十回，却非曹雪芹而是出自高鹗之手，那么高鹗写林黛玉的死，也还是因袭着曹雪芹的惯例的写法的。他晓得这个全书的主人公的死，是在书中占有怎样的重要，而对于读者该是怎样情感上的打击，所以他先借宝钗的口，半真半假地传出这个突然的消息，然后渐渐把这事来证实。这里虽没有梦，却有宝玉晕倒的变像的梦。但因为林黛玉是一个书中太重要的人物了，不能不给她让一些篇幅，绘画出她的死的场面。虽然在那场面中，有一个垂死人的伤感的遗嘱，有她咽气时的绝叫，有那最同情于死者的紫鹃的悲泣，有那遥远传来的喜事的音乐相对照而成的凄凉，但是若以这场面与这个死者在全书中的重要性比较来看的话，我们怎么也不能说它是太失于伤感的。

那样用小丫头的喜悦的口吻叙述了晴雯的死的曹雪芹，不能亲身送走了林黛玉，而有高鹗这样能体贴原作者的苦心，——无论如何总算差强人意的完成了这工作，这是《红楼梦》的一个最幸运的遭遇。

叛乱的故事

几年前，在日本，出过一部《大众文学全集》，是选译了世界上比较通俗的名作，中国部份被选的是《平妖传》，而且日译者是一个当代有名的作家佐藤春夫。《平妖传》这书，我记得自己在童年时代曾经读过的，但并没有留下怎样深刻的印象。日译本的广告是给这书吹得很厉害，虽然明知广告一向是不大可靠，却总是禁不住要找来这书读一读的强烈的欲望，因为我相信一部书能够迻译到另一民族去，至少也总有相当的好处，大概不是完全不值一读的书吧；而且因为五四后的白话文学史家很少提过这部作品，我对于它的好奇就越发增强了。

直到最近我才在街头的书摊上，用最可能的低价，买了一部市上流行的铅印本古书，纸张劣，印刷坏，标点也不大高明，自是意中事，但因为我不是考据家，所以对于这些也就没有什么严格的要求，只要这书能使我较有兴趣地读下去，那便是万幸了。

首先使我感到喜悦的，是楚黄张无咎的序文，当然，那也没有什么了不得的地方，但他能以小说而谈小说，并不搬出士大夫的道德经来，这一点也就值得一赞了。

我读下这书去，没有教我受累，也不教我厌弃，文字的细致，故事的趣味，人物的真实，以及事件的自然的转变，都算是能够使人满意的了；据我个人的观察，这书不失为一部好的作品，如果比起我们的小说名作，如《水浒》和《红楼梦》等，是有着逊色的，那么把它看作一部二流的小说，大概在中国文学里也可以存在得住的了。

其实顶可喜之点，还是在于这书之现实的表现，虽然它的取材是近似神怪之类的，但并没有写成荒唐无稽的故事；虽然它的主要的人物有的是狐狸，有的是卵生的怪人，但也全是真实的人性的。只这一点，已经比本书序者张无咎所非难为“如病人呓语，一味胡谈”的

《封神演义》等，高明得多了。

现在我想特别提出来谈的，是王则造反的那些篇幅。王则是贝州人，从小儿使得好拳棒，变成一个浪荡子，所以私人行为很坏，但“他也有一节好处，就是为人慷慨接交。”父母的家业，被他费得罄尽，于是便凭着他那身本事，在本州里充做一个排军头儿，因此人们都称他为王都排。

这样的一个人物，被那些狐狸精（圣姑姑和她的子女）以及妖僧怪道（蛋子和尚和张鸾）所看中了，想推他出来造反。书中的王则虽没有什么了不起的本领，可是他的帮手——圣姑姑这一派——曾盗取过天书，可以撒豆成兵，剪纸为马，是和神仙差不多的人物的。他们合力起来，纵是造反，也并不困难。只是他们若无中生有地叛乱起来，得不到民众的拥戴，那就毫无社会的根据，失掉了真实的意义了；所以他们必要以获得群众的同情为起点，叛乱才有可能性的。这，王则便作了他们的牵线。

书中先叙写作着排军头儿的王则，个人在知州下所受到的压迫，以反映出官吏的贪暴的一般。知州要嫁女儿，派王则买彩帛，于是买来了十三疋，过了几天又硬着要他去换，王则面上不敢违背，心里却想：“我王则好晦气！才快活得三日，回来没讨杯茶吃，这赃官又来歪缠了！你自要嫁女儿，干我贝州人甚事？铺家银又不肯发，还教人硬赊；取着东西，还要嫌好道坏；弄得乱乱的，又去掉换。你做官府的，怎恁强横！”这硬赊硬换，还不要紧，及至看那十三疋彩帛，每疋短了五尺，于是重抱回州里来，和知州理论，知州反倒大怒，骂了一阵，还说：“若不念你平日效劳之勤，就该打你一顿毒棒。”

王则的个人的气愤，尚不足以激起大的事变，成为叛乱之源的，还有普遍的群众的被压迫。于是当王则正和那些邪道妖僧吃酒热闹的时候，“只见楼下官旗成群拽队走过。”王则奇怪：“今日不是该操日分，如何两营官军尽数出来?”

王则下楼来出门前看时，人人都认得王则，同来唱诺。王则道：“你们众人那里去来?”管营的道：“都排，知州苦煞我们，我们役过了三个月，却一月的钱米也不肯关于我们，我们今日到仓前，管仓的吏只是赶打我们回来。”王则道：“若是恁地，却怎的?”管营的道：“如明日再不肯关支，众人必要反也。”管营人和众人自去。

王则那句话问得真好——“若是恁地，却怎的?”这是王则领头造反的机会到了！借着神奇的幻术，王则自己给军民发了钱粮，收买了那两营军民的心。这样，那叛乱的酝酿便完全地成熟了。

在一部主要地以怪异的事件为题材的小说里，在这重要的关头，设下了强有力的现实的基础，使人理解到一切社会的叛乱，绝不会是一两个幻术家的力量，而是普遍的被压迫的民众合理的反抗，这不能不说是这书的大成功了。我不晓得，那事件是否是历史的真实的事件，但那使人相信它是绝对地真实的。

与这故事的性质相同，极容易使我们联想到的，便是其后在清朝庚子年间义和团的叛乱，那据一般的传说，也是一些撒豆成兵，剪纸为马的左道邪魔，不过我们只以这两个故事相对比，就可明白，那种传说是怎样地不正确了。因为没有真实的民众的痛苦为根底，一切的叛乱都是不可能的。显然处在君主时代下的民众是被统治者所欺骗了，那些能看穿事件的少数者，又不敢公然地揭破，至于作家们，也只能隐讳地作为枝节而叙写，但就是这些枝节的表现，对于后世，总算是可宝贵的记录了。

其次更精彩的是，《平妖传》的作者，不只写叛乱的起源是真实的，写到王则的事败，还同样是真实的。王则自从夺了几个城市，作了草头天子，一切的恶劣都发挥起来，他自己又成了压迫者。就连那圣姑姑的女儿胡永儿，虽是一个狐狸变成的人，在青春期也还看重处女的贞操，不失于淫乱。及至作了王则的妻子，成了皇后，马上变成荒淫无道了。而且许多从前帮助王则起事的功臣，如蛋子和尚张鸾师徒等，都看出前途无望，先行脱离了。同时，自然地，民众又感到了新的痛苦，把起事时的情热冷得净尽，所以那曾经敌对过无数万人马讨伐的局面，现在不打自破了。从这一点上讲来，说这作者的写法，是合于历史的辩证法的，我想，那并不为夸大吧。

但读者若问，为什么《平妖传》的作者，不强调起这种民众反抗统治者的好材料，写成一部民众斗争的小说，却创造了怪异的神话？那我的意思是，一则因为时代和环境不允许，二则因为这作者也并没有什么明显的意识的缘故。而且就连如今本文中特别提出来的这些场面，在那样巨大的怪异事件的连续中，一般的读者都很容易忽略过去呢！

故事的复制

——评沈从文著《月下小景》

依我自己的私见，那条腐旧的文艺原则——“小说就是讲故事”——现今的人还必要重视的；因为我们时代的创作是太属于观念的而缺乏故事了。没有故事的小说，无论写得怎样精致，正和害痨病的美人一样。但只是故事，也不能就算做小说，那还必需一番小说化的苦心的制作。所以有些故事写出来还仍是故事，而另有些故事却穿上了精美的小说的外衣。

适于成为小说材料的故事是没有限定的，由于现实的观察自己可以撰造，由实际发生的社会生活事件自己可以加以幻想，由一般民间的传说自己可以润色，由一民族古代残缺的艺术材料自己可以复制，甚至从几个现成的故事中抽取精美的部份而创造出一个完整的新故事也未为不可。

不过有许多既成的故事，都是带着浓厚的时代性，因为创造了那故事的当时的社会，已经多少地输进它的现实味，但只要那故事的本身，是有着新的寓意的可能，那纵是出自远古的时代，也有制造成现代性的小说的可能。所以，一个作家如果想利用过往的社会的故事的话，不只必要故事的选择，而对于故事的认识，同样必须有着特殊的见地。

从现在社会的生活里捉取材料，或利用既成的故事作为材料，在创作的意义上，是有着很少的区别，一般把故事的复制划出真实的创作之外的那种见解，是错误的。他没有理解复制故事所必需的创作的才干，倘使一个作家只是像鹦鹉似地把人家的故事学唱了一遍，而毫未给与一些新的意义，那工作是无味的精力的浪费。

许久以前，当我读完了《元曲选》时，我曾表示过像这样的意见，《元曲选》中最大部份的作品，做为完整的艺术制作看，是没有什么价值的，但它给我们保有了许多较好的材料，这些材料是可以复制一过；而且鉴于中国封建社会一般地给艺术所加的毒害之深，我更推想这论断是可以适用于中国过去的大部份的文学上的。这种工作的重要，不下于一切所谓国故的研究和整理；同时，这种工作也并不如我们想像的那么容易。第一，那些故事既是为了封建社会的思想宣传制作出来的，只把它们复制一过，便想完全剥尽那封建的毒害，而成为现代的东西，是否是可能呢？第二，纵承认是可能的话，会不会就有许多作家祟于故事的魅力，反为其利用，以致那作品成了时代的反动呢？还有，如果这提倡一经成了风气，大家都只想那偷巧的一面，结果，不是反倒断了这条可行的路么？

所以，在原则上，这故事的复制，虽是一种颇可利用的创作方法，其有赖于作家的慎重，是不待多言了。

据我所知，在新文艺界里，第一个从事这种工作的人，是沈从文先生。他在这一两年间，陆续发表了他的“新十日谈”的故事，而且现在已经收成一书题名《月下小景》而出版了。这书里包含着九个故事，全是取自佛经的。因为这种工作在中国文艺界里尚属初创，作者自己也难免怀疑这工作的意义，不但在每一篇故事后谦逊地写了“为张家小五辑”等字样，而且在全书的“题记”上更加上一番慎重的解说。但我却是怀着一种强烈的期待读了这本书。

倘使真明白如今收集在《月下小景》的这些故事，是如何程度地与原作相仿佛，我们就必须把佛和这集子摆在一起比较着看了，然而那些经书在我是很难寻到的，因此我就只能取这重新编过的故事本身来品评。好在作者自己也说：“本书虽署明‘辑自某经’，其实则只可说是‘惟就某经取材。重新处理。’”这点我们无需作者保证，一看这作品就可明白。

首先，一个困难，我们应当给作者豫想到，即这些出自佛经的故事，作者无论怎样设法改造，是不是总要带着传教的意味呢？把这种宗教的思想若全部舍弃，那故事不会变成无意义的么？因为我们不能相信作者只是为了讲故事的欲望，为了一个年纪十四岁的亲戚张小五，而便写了这近十万字的书。至少，他在这些故事中是感到了喜悦，或是看见这些故事的思想有和其一向组织艺术的观念相近之一点。

那么，我们就看是为了什么，这些佛经的故事竟祟感了我们的这位作者。

无疑义地，这里没有宗教的宣传。勉强地讲，《慷慨的王子》，《医生》以及《寻觅》是相当地带着些宗教味，可是那故事本身的兴味，掩饰过了那宗教的气氛。在《一个农夫的故事》里，我们可以看见有如近世侦探小说的机警；在《猎人故事》里，我们更看见作者的讽嘲的发挥。其他便全如《爱欲》的一篇题名所暗示，是男女的爱欲的故事了。

从这种分列归纳起来，我们得到表现在这书中的几种主要的特色：其一，为了故事的机警，或是创造了故事的机警，感到重述那故事的冲动；其二，借着一种非现实的或甚至是非人类的故事，按插了对于现实的作者的独特的讽嘲；其三，把宗教上用为教训的男女的故事，完全按照自己的解说，写成平常的爱欲的故事；这最后一点，在全书中占有最大的部份，而也是与作者一向写作的动机最相适应创作精神。

熟读这个作家的作品的人，就一定会承认，这三种特色：故事的魅力；文章的讽嘲的调子；对于爱欲的题材的喜爱；是和他一向创作的特色，完全没有两样。所以这书虽作者明言其故事有所根据，我们是可以当作一种完全的创作看。

顺序地考察，第一，故事的魅力，没有读古原本佛经的我，不敢武断那些是原作的所有，而那些是现今的作者的创造，所以暂时置疑。

第二，讽嘲的调子，是可以举出很明显的例来，如：

但这个古怪仙人并非他国家知识阶级可比，（据说知识阶级，若为政府蔑视过久时节，性之所近，喜发牢骚，诅咒政府，常有话说，只须政府当局，稍稍懂事，应酬有力，就可无事，）……（《扇陀》）

> 他们（雁与鹅）既然能够谈得来，所谈到的，大概也不外乎艺术，哲学，社会问题，恋爱问题，以及其他种种日常琐事轶闻。不过他们从不拿笔，不写日记，不做新诗，故中外文学家辞典上没有姓名，也不到上海文艺茶话同大作家吃喝，不加入笔会。(《猎人故事》)

> 两兄弟那时业已结婚，少年夫妇，恩爱异常，家中境况又十分富裕，若果能够安分在家住下，看看那个国家一些又怕事又欢喜生点小事的人写出的各样“幽默”文章，日子也就很可以过得下去了。(《爱欲》)

我不愿多引了，因为那将占去极大的篇幅。只从这几个举例，读者可以看得出来，这讽嘲不只是针对着一般人性的弱点，而更是对着时事的流行病了。他不但说得很天真而且说得很有力，这是这个作者的独特的才干。不过这种随处散见的讽嘲，是不与其所叙述的故事有任何关联，说是硬插进来的也未为不可，但是读者对它们感到喜悦，因为作者并没有想借用这些以强调起故事的现实味为企图，而只是在表现着他的明快的智慧。

最后，关于爱欲的故事这部份，我们既有《月下小景》，《扇陀》，《女人》以及《爱欲》等为着强有力的实证，所以无需再重述某个故事而加以分析了。缘于这个作者在过去曾过多地使用这种题材，可以说是引起一般地对于他的反感。我们在当时得不到解说，为什么他那样特殊的喜悦爱欲的题材，可是如今在这全书的序曲中《月下小景》里，作者泄露出他的理论了，当两个青年男女不顾一切社会的制裁一度放纵便将拿生命来抵偿的可怕的社会制裁，而终于被爱欲征服了的时候，作者说：

> 神的意思不能同习惯相合，在这时节已不许可人再为任何魔鬼作成的习俗加以行为的限制。理智即是聪明的，理智也毫无用处。两人皆在忘我行为中，失去了一切节制约束行为的能力，各在新的形式下，得到了对方的力，得到了对方的爱，得到了把另一个灵魂互相交换移入自己心中深处的满足。到后来，于是两个人皆在战栗中昏迷了，喑哑了，沉默了，幸福把两个年青人在同一行为上皆弄得十分疲倦，终于两人皆睡去了。

从作者这种对于爱欲的发展的严重的解释，我们不但明白了为什么他喜用爱欲的题材，而更是理解到这作者，作为一个自然主义者，是把爱欲看为人性的冲动的最高的形象而表现着了。所以上面的那一段引用文，是可以拿来作为沈从文先生的许多同样题材的短篇小说的解说。

总之，这部《月下小景》，虽然是利用了现成的故事，却完全和一部独创的作品无异，作者把他一向创作的精髓都输进里边去，从此我们能够更明晰地看出作者艺术制作的态度。但若作为一种故事复制的创例看，这书并没有很大的成功，他从远古的坟墓里虽然搬出一些美丽的尸首，而他没有能力注射进活人的血液使他们重新复活在现世上。

泰纳的艺术哲学

在我国最近几年间马克斯主义的艺术理论，比较重要的著作大抵也被介绍过来，但对于泰纳却没尽过任何的劳力，那可以算为他的代表作的《艺术哲学》《Philosopoie del'Art》至今还没有译本，甚至很少被人提及。为补足这缺陷，本文的作者尽可能简要地根据着泰纳的原作给他的艺术原理加以说明。所以在这篇文章中，作者只想作一个复述人，一切让泰纳自己讲话；这不是作者的谦虚，而实在是不敢僭妄；加之，他的理论体系在其本身上是非常地严密，如果从某一地方作者插进嘴去，其后恐怕会使全部的线索发生混乱，以致无法收场。倘使根据近世诸进步的艺术理论学者的学说，给泰纳的原理作一个批判的介绍，那当然是再好没有的了，但作者是颇有自知之明，把这光荣的工作留给别人吧。不过至少在《艺术哲学》这书尚没有中译本之前，本文是有要求其存在的权利。

提到艺术哲学这名辞，我相信，有许多人立刻就会造出一种困难的幻觉，以为那是极不可解的艰深的东西，这是一种误谬的成见。一切的学说没有超论证以上的艰难的理论，按着那理论发展的线索一步一步地推进，总会捉握到那命题的神髓；但要紧的是，中间不容许马虎，前一步的说明被忽略过，后一步的理论便成了神秘的。所谓“艺术哲学”，即是从本质上来分解艺术的一切主要特质以及艺术产生或创造的过程；这里虽没有什么神秘性，但其理论的连锁却是非常地细微而严密，而这细密的连锁又非完全地把持住不可。

泰纳的《艺术哲学》是一部大作，论字数总在三四十万，为了确证其所设立的原则，他举了无数的艺术的证例，而且这些证例都是最恰当地被提出着，使读者不只是得到概念的认识而得到本质的认识。全书共分五编，第一编，是探究“艺术品的性质”与“艺术品的制作”；第二编，是讲“意大利的绘画”；第三编，是讲“尼德兰”（Nederland）的绘画；第四编，是讲“希腊的雕刻”；第五编，是论“艺术上的理想”。如这些题目所示，第一编和第五编是论述艺术的原则的，而第二，三，四诸编，是方法的应用，所以本文的介绍就只限于前者！

泰纳的原作是清楚明了，虽然我所根据的是日本广濑·哲士的译本（顺便地讲一句，这译作在同类的日文译书中纵不能说是最好的，至少也是上乘的翻译了。）；

我想以原著两编十分之一左右的篇幅，尽量清楚明了地使读者理解了泰纳的主要意见。如果这企图是失败了的话，读者在本文中感到不连贯或模糊，这责任完全由我自己来负。

本来在每一篇文章中，一个作者所使用的方法，无需自己表扬或更加推荐，但在现今的场合，我希望我们的理论的介绍者，大量地与以相当的注意，——在一个翻译稀少到可怜的程度的国家里，这种类似复述的介绍工作，是不是可以作为过渡时代的一种补救的方法呢？

下面便是泰纳自己的意见了。

关于艺术品的性质

没有一种艺术品是孤立的东西，所以要研究它，就应该从它所根据的，可所作为其解释的全体出发。每一种艺术品，如绘画，悲剧，雕刻等，全是从属于那艺术家的全部作品之中的。一个艺术家产品，就像一个人生的子女一样，它们总有着类似之点。每一个艺术家，在他的全部作品中，是保持着一种共通的独特的样式，形成一个整体。设想，我们拿一种未加署名的大艺术家的作品，给一个专门家或长于鉴赏艺术的人看，他立刻就可以看出那是属于某个作家的作品，甚至可以说出那是某艺术家的某一个时代的东西。

其次，若把那艺术家和他的全部作品一起来看的话，也还不是孤立的，因为有一个更大的整体又把这个艺术家包容在其中；这个更大的整体，便是这个艺术家所属的同时代同地方的艺术派别或群集。没有一个伟大的艺术家的产生，是不可解说的，是突降的，他总分领着共同时代的诸作家的共同的性质。所以要理解他，必须把他周围的他所代表的群集中的许多人物，集合起来研究。

第三，这种艺术家群集的本身，也还是被包含在一个更大的整体里。这个整体自然就是那艺术家群集所处的“社会”，他们的作品是必然地要受到当时风俗与精神状态的影响，但这种影响对于一般的公众也是同样的。一个艺术家不过是一个代表发话的人，在他那异常响亮的呼声之下，我们可以听见他周围的无数民众像合唱似地无限人的嗫嚅之声。一个艺术家和他们的同时代的一般公众，总是保持着亲密的关系和调和。要理解他的一切艺术的表现，我们可从一般的风俗与精神状态的全体中，寻到他的根原。

这样，我们可以设定了一个法则，即，一种艺术品也罢，一个艺术家也罢，一群艺术家也罢，要理解它们，是必要把其所属的时代的精神与风俗的总体与以正确的认识。我们若翻开艺术史上的主要时代来看的话，便可以看出艺术是和那与艺术有密接关系的风俗的某种状态在同时出现的，而当那风俗状态消灭了的时候，那表现这风俗的艺术也便消灭了。关于这种风俗状态或精神状态在艺术上的影响，泰纳作了一个很好的比喻，他说：

诸君从南国出发北上的时候，一踏入某一地带，一定开始注意到一种特别的耕作法与一种特别的植物吧。最初是芦荟或柑橘类，再前进一些是橄榄或葡萄，其次是燕麦，再次是枞树，最后是藓苔等类。各地带都各有各自的耕作法与固有的植物，这两者是在那地带开始的时候才开始的，在那地带终结的时候也就终结；这两者全是与那地带有密接的关系。地带就是那耕作法与那些植物的存在条件，以其有无，而决定它们的出现与消灭。所以所谓地带就是一定的气候，一定的温度与湿度，简而言之，在上面所谓的精神风俗的一般状态，即是在种类上相类似的一定数的主要事情。由那物的气温的变化，决定了某些种类的植物的出现，同样地，由精神的气温的变化，而决定了某些种类的艺术的出现。

为理解某些种类的植物的出现——如玉蜀黍，燕麦，藓苔或枞树等，人们必要研究物的气温，同样地，为理解某种的艺术的出现——如异教的雕刻，写实主义的绘画，神秘的建筑，古典文学，感觉的音乐或理想主义的诗歌等，人们是非要研究精神的气温不可。人间精神的产物，如果不像在活自然上似地是依据其环境的产物，那我们将是得不到它们的说明的。

似这般把艺术如科学一样地处理，是和泰纳时代以前旧有的美学完全不同了。他不是用一种玄学的话语，先给一个美的定义，而就从法典中引用了生硬的规条；他不对你说：轻视某种艺术吧，或特别研究某种艺术吧。他允许一切艺术的学徒，自由地选择那与自己的精神，性格与嗜好最适应的艺术种类，而且对于一切艺术的形式，流派以及其反对的见解，全具有一样的同情，把一切艺术的表现都作为人类精神的表现而接受。这种表现越多，越是互相反对的，也越表现出人类精神的多方面。这正和植物学者以同样的兴趣，有时研究枞树或桦树，有时也研究月桂树或橘树一样。这种美学是一种应用的植物学，像植物学者应用在植物上一般地，应用到人类作品上来。

这种艺术的定义，并不是一个强记的公式，而是可以观察得到的事实。即如标本室内的植物和博物室的动物一样，在博物馆或图书馆里有分类陈列着的艺术品；人们对于这两者都是同样地加以分析。而且像概括地研究植物或动物的本质，同样可以概括地研究艺术品的本质，全是不能离开经验的。由许多的比较与演进的削除，把艺术品和人类精神的他种产品分别开来，同时也就发见出一切艺术品的共通点，这便是工作的全部。

泰纳认为五大艺术——诗，雕刻，绘画，建筑，音乐——中，后二者在说明上比较困难，所以暂把它们除外，而先论前二者。在这三种艺术中，泰纳指出的共通的性质，是模仿，即艺术多少总带些模仿的性质。雕刻是以模仿实际的活人为目的，绘画是照着现实姿态的现实人物，室内或自然而描写，再如戏剧或小说等，全是尽量精确地表现性格，行为与实际的言谈。以现实的模仿看为艺术的本质之最有力的证据：第一，就是在于日常生活的经验；第二，我们若注意艺术家的生活上的事件，普通可以看出那生活是可以分为两个时期，前期是真实的感情的时期，后期是技巧的时期的，即衰颓的时期。在初期，艺术家是以精心的研究的态度，对着面前现实及事物的本身；而到了后期，艺术家自信他对于现实已是充分的认识了，就把面前的模特儿推开，以从自己经验中拾集的方法来创造了，这时那完全的真理，至少局部地在技巧的滥用和职业的力之下，消失了它的影子。我们观察伟大的人物的生活，大抵是这样，很少有例外。其实不只某个伟人的历史是如此，一切伟大的艺术流派的历史也是如此。

我们到此所得的结论，好像绝对的模仿就是艺术的目的了，但事实上又不完全是这样的。例如，铸型总是传达出模特儿的最忠实的最精密的印象，但好的铸型不能就说是好的雕刻；照像，是毫不差误地映出对象的轮廓，但照像不能和绘画相比；而且若把正确的模仿看为艺术的最高的目的，那么，那最好的悲剧，喜剧以及诗剧又将成为什么东西呢？——实际上，法庭诉讼的速记，是包涵了一切的话语，有时其中也表现出自然味或感情的爆发，但那只能作为材料供给作家，绝不是艺术品的。

其次正确的模仿不必定就是艺术的目的之更有力的证据，便是，艺术实际上本来是故意不正确的东西。例如，普通的雕刻是单一的色彩，或是青铜的，或是大理石的，而且眼里没有瞳仁。可是色彩的单一不是减削精神的表情，而是美之完成。若是进于极端，模仿得过度，不但不能表现出快感，有时会惹人嫌恶，不快甚至是恐怖。在文学上也是同样，如许多最好的剧诗人，其所便用的言语，都不是正确的日常会话的，把人物的言语，用音韵加以强制，而这种变换对于作品不是有害的，伴着音节使精神得以超越了日常生活的卑俗。

所以把对象中某一部份专心地模仿出来，是必要的，而不是模仿其全部。其次的问题就是我们如何鉴别那必要捉取的模仿的部份了。先给一个抽象的定义吧：这是“各部份的相互关系与从属”。例如，现在在一个画家的面前，有一个模特儿，而且为了作画的目的有一支铅笔，或并不十分大的一张纸，这时，当然没有人要求你画出和那模特儿同样大小的手足和身材的；至于色彩，他只有黑色与白色，所以也就没有人会要求他表现出那原来的色泽，人们对他所要求的是在表现出那人体的各部份的相互而平衡的关系，即必要表现出各部份连结着的关系的全体。而且所要描绘出来的，不只是肉体的表面，而是体之理论。同样地，一个文学家，在社会里，在民众间的实生活的场面之前，只以一支笔或几页笔记簿，所能记载的是非常些少的东西，但这就足够了，因为没有人会向他要求把全场面的全部人物之全部言语，全部姿态以及全部行为都记载下来。在文学家的场合，和画家的场合一样，是要把那平衡，关联或关系记述下来。第一，必要精确地保持住那人物行为的平衡，其次是要观察那行为的相互关联。

简单地说，在文学的作品上，在艺术的作品上，记载人物与事件的可感的外面，是不重要的，而记载其部份关系与从属的全体——即其理论，是必要的。这样作为一般的法则，使我们的兴味与某种现实的存在相联系者，使我们对艺术家希望抽象的表现者，便是其内面外面的论理，或者换一句话说，即其构成，构图与配合。有着这样的意义的艺术，并不是把面前的事物破碎了，而是把它们纯化了的，现在我们是发见出艺术的更高一层的特质了。艺术不只是手工作品，而更是知能化的作品了。

艺术家所以把这种部份间的关系必要加以变更者，是使对象与形态的一特性得以显著化，因此也就是使那对象的主要观念得以特殊地令人着目。这种性质，哲学者称为“物之本质”，所以哲学者说艺术是以表现物之本质为目的的。我们暂不用“本质”这样的术语，而只说艺术是以表现主要性质或显著的特质，某种主要的形象以及对象之主要的一存在样式为目的。

说到这里，我们是触到艺术的真正的定义了。但是所谓特质或主要的特性，究竟是什么东西呢？——这还必要明确地给以说明不可。对于这，泰纳先给了一个抽象的说明，那定义是：“由一定的关联把其他一切的性质或至少其他许多的性质，能牵引出来的一特质。”

在这里，泰纳是举狮子来作证例。狮子的特质是在一大肉食兽之点。从这种特性上，其肉体的与精神的几乎一切的性质都涌现出来。第一，在肉体上必要有如铗子似的牙，有如可以咬裂开来的腮，因为狮子是肉食兽，必要捉捕活的获物的肉来吃。而且为运动它那可怕的铁似的嘴，必要有绝大的筋肉；为收容这种筋肉，必要有与其成为比例的颞颥的内孔。在脚上，有怕人的伸缩性的像打上去的钉子似的爪，像法条似地可以绷起来的腿之弹力，而且因为夜间是最好的狩猎的时候，所以它有着在夜里也能看得明确的眼力。不只这些，它的一切精神上的特性，也和它的体质上的特性相合一；第一，多血的本质，生肉的要求，嫌恶其他的食物；其次，力与神经质的热，因为这种热，在攻击与防御的单时间上能贯注莫大的力。可是同时它有着嗜眠的习惯，在空虚的时间感到难忍耐的倦呆，在狩猎的昂奋后打着长时间的欠伸。这一切之点，完全是由来于它的肉食兽的性质，而我们称之为特性也就是这种缘故。

艺术的目的就是在表现这样的特性；而且艺术所以要完成这种任务者，是因为“自然”在这一点上并不充分的原故。在自然中是有过多的性质的，时常这些性质互相地妨害着，不能使那代表的性质，在对象上得到充分鲜明的印记，可是在艺术中是必要把那代表的性质，放在支配者的位置上，使它特殊地显著起来。因为人们在自然里感到这种缺陷，而同时要填充这种缺陷，才发明了艺术。

所以艺术品的特征，是把对象的特性或至少是重要的性质，必要尽量优势而鲜明地表现出来，为了达到这种目的，艺术家必要把那隐藏着特性的诸点削除了去，而选择那能表现特性的诸点，把变性的地方订正了，把缺陷的地方复活起来。

其次，从作品我们转眼到艺术家的问题上来，即关于艺术家的感觉的方法，发明的样式与创作的方法给以考察的时候，我们发见出他们是和艺术品的定义相一致的。他们必不可缺少的即是天赋，以一切的研究，以一切的忍耐都不能填充这样的不足。如果缺欠这种天赋的话，他们充其量只能作一个模拟的职工。在一种对象之前，艺术家没有一种独自的感觉是不行的，他们必要探进到对象的内部里去，从一般化的性质中辨别并捉取那代表的实质。而且空有独自强烈的感觉还不行，更要把这感觉完全融化了，起一种共鸣的作用，作为一种纯然自己的内的感觉，自然地表现出来。

到此我们是达到了艺术品的真实的定义了。如果简约地给以说明，那便是“艺术品是以表现某种本质的乃至显著的性质为目的，即，以比在现实物上，更明白地，更完全地，表现出某种重要观念为目的。为达到这种目的，使用部份的集合，由一定的法则，使其部份间的关系变更了。在模仿的三艺术——诗歌，雕刻，绘画，这种集合，是应着现实的对象的。”

艺术品的制作

考察了艺术品的性质，其次便是艺术品的制作法则的研究了。已如上述，艺术品是由精神与周围之风俗的一般状态所决定的；而现在非要把这作为确实的东西而论不可了。

一切的法则是建设在：一，经验，二，推理的这两种证明之上的。第一，是由例举许多的证例证明这法则，使人确信了不能适用这法则的场合是没有的。而且在那被检讨的许多场合上，这法则不只是在大体上如此，即在一切枝叶之点上也是如此；不只对大的流派的出现与消灭是精密的，即对艺术的一切动摇与变化也是精密的。其次要说明这法则不只在事实上其关系是严密的，而且是当然非如此不可；因此我们要分析所谓精神与风俗的一般状态这种东西。根据人生的普通法则探究这种状态对公众艺术家以及艺术品所及的当然的结果。从此，人们可以结论到其必然的关系与一定的一致，不把它看为只是遭遇的事实，而确认为自然的调和。第二个证明，是把前者所认定的，证明为真理。

为使人们肯定这种调和，我们把上边使用过的比较，即一艺术品与一植物的比较，再来采用一次。我们看一种植物，例如就以橘树来说吧，在怎样的情况之下，会在某种土地上发芽以及蔓延起来呢？这第一必先要有橘树的种子，可是空有种子这条件是不够的，因为在许多的植物的种子之中，为什么单单橘树的种子会茂盛起来呢？使橘树的种子发芽，成树，开花以及结实，必要有许许多多的方便的条件，土地与气候都要绝对适合于橘树的生长才行，如果在不利的条件之下，或是根本不能生长，或是即使生长起来也必不能茂盛。所以一种植物的生长，是由自然的温度与外的环境作了一番选择，拒绝了许多种子的生长而只留下某一种的种子。这种自然淘汰的法则，不只可以适用于物质上，同样也可以适用于精神上；不只在动植物上如此，即在历史上的才能与性格的发展上也是如此。

为某种植物的生长必要某种外的温度，同样为某种才能的发展必要某种精神的温度，如果那条件是不充分的话，那才能结果必要流产。温度一变，才能的种类也就变了。所以像土地与气候之选择植物的种类似地，精神的温度选择着种种才能的种类，只发育了某一种，而拒绝了几乎其他的一切。在某一个时代某一种土地上，其所以有时发达了理想的情感，有时发达了现实的情感，有时发达了构图，有时发达了色彩者，便是以此作经纬的。即支配的方向，绝对地是在时代这方面的，与时代相反的向别个方向发展的才能，必定得不到出路。舆论的精神与周围风俗的压迫，不是压抑了某种才能，便是特别地使某种才能繁荣起来。

其次我们更微细地看，精神的温度是如何地在艺术品之上发生着影响。

我们现在采用一个最单纯的例证——即以悲哀为主调的精神状态的场合——来看吧。取用这个例证并不是任意，因为这种状态不晓得在人类史上是遭遇过多少次了。这种状态的产生，是因长期的颓废，人口减少，外患，饥馑，瘟疫以及艰难的增加。在基督纪元前第六世纪的亚细亚，在从三世纪到十世纪的欧罗巴，其情况便是这样的。当时的人们像是失掉了勇气与希望，而以人生为畏途了。

我们看一看这样的精神状态以及使这状态胚胎的情

况，是给与了当时的艺术家以怎样的结果呢？我们可以看得出来，这种时代是和其他的时代一样地，有忧郁和欢喜的各种气质；可是这些气质是向着怎样的方向，为支配的境地所改变呢！

第一，公众所蒙到的灾祸，艺术家也同样要受到的，因为艺术家也是公众中的一份子，他不能不受到时代的影响，想使艺术家不感到同时代人所忍受的普遍的灾难，那真是一种奇迹。纵算幸而这灾难没有落到他自己的头上，只要他看见自己的国人，邻居以及亲属所受到的不幸的运命，自己也必定感到苦闷，这时，他的气质若是愉快的，也绝不制作出什么欢喜的作品，反之他若本是忧郁气质的人，那他的表现便更是悲哀的了。——这是环境的第一个结果。

第二，那个艺术家是在忧郁的时代的人群之中生长的，他少年时代受到的思想以及现时的思想，都是忧郁的。他平时的谈话，只是伤心的事件，主国的被侵略，纪念物的破坏，弱者的压迫，强者间的斗争；他每日所能观察到的，只有荒芜的园地，饿死者，被杀戮者以及被烧毁的都市。这种种印象，从始至终总啮噬他的心灵，刻上悲哀的痕印，他若在本质上是一个艺术家的话，他的感印也就越法的深刻。因为一个艺术家是惯于从对象中捉取本质的性质与特色；旁的人们只能部份地认识，他却能把握住精种的全体。加之，一个艺术家是具有独特的强烈的想像力与夸张的本能，所以他总是走入极端把事物更加夸大，浸润在自己的作品里。因此他的观察与描写比普通同时代人是染上更深一层的黑暗的色彩。

同时，在他着手写作的时候，他是向着他的时代环境要求助力的。他不能只对着自己的画面或文学，便来描绘或书写。他要外出，谈话，观察，从友人或同业者接受指示，从书籍或同类的艺术品中寻求暗示。因为一种思想是和一个种子相同的；种子想要萌芽，发育和开花，必要水，空气，太阳以及地土的养分；而思想的成形，是必要附近的诸种精神给以补助与增援。那么，在悲哀的时代他所得到的暗示除去悲哀还有什么呢！如果这时一个艺术家是要求关于表现欢喜的诸种思想或助言的话，那一定是徒劳而无功的，而那个艺术家将陷于孤立无援的境地。孤立的人的力量是微少的，因此他的作品也就是凡庸的。反之，这时他若是要求忧郁的表现的话，他可以获得到全世纪的助力。于是他的作品，可以收容下他周围无数民众以及前时代的天才或作品的协力，而这样的产品，才是最有力最美的。

使艺术家必转向时代之一般精神状态的方向的一个更有力的理由，便是，当他的作品在公众的面前展开的时候，那作品的情调若不合于时代精神是不会受到人们的理解与欣赏。事实上，人们是只能理解与自己的体验相近的情感的表现，在作品上要看到与自己的状态有关的记述，他们才开始感到趣味。不能适应这种时代的要求的艺术家，是受人非难被人轻视了的。我们都知道，艺术家这种东西，是为了被人鉴赏，被人称赞，才从事他的作品，这些是艺术家的主要的情热。在许多的其他原因以外，这种主要的情热是和舆论之所在相结合着，所以艺术家总是被吸引被推动，向着时代精神的表现的方向，而被隔绝了那与时代精神相反的方向的道路。

用以上想像的证例说明之后，泰纳还不觉得充份，更举出历史上各主要时代的现实的证例。他把欧罗巴文明的四大时期——希腊罗马的古代，封建基督教的中世纪，十七世纪正规的贵族君主时代，近世在科学统御之下的民主政治的时代，顺序地给以说明。但在本文有限的篇幅里，不能详细地引用了。

可是他在引证之后所下的结论，我们是必要抄写过来的。那便是：

总之某种善或某种恶，即普遍存在着的事物；屈从或自由的境地，贫富的状态，社会的某种形式，以及宗教的种类；如在希腊，自由尚武加以具有奴隶的都市；如在中世纪，压迫，侵入，封建的劫掠，以及狂热的基督教；如在十九世纪，科学的产业的民主政治；换一句话说，即这全般境况，是说明人类是顺应或服从境遇的全体的。

那种状况，使许多人们，发达起与环境相适应的要求，特殊的能力以及个个的感情。例如在希腊所发达的，是肉体的完全，不使头脑得到过度的发展以致妨害手足的生活而保持着能力的均齐；在中世纪，所发达的是过度受刺激的想像力的放纵与对女性的感受性的微妙；在十七世纪，则是社交的礼仪作法与贵族会合的威严；在近代则是被解放的野心的伟大与不知道满足的欲求与不安。

这样，由感情，要求以及技能集成一体，而完整地出现在全部的精神中的时候，则构成了支配的人格，即同时代人所赞美与同情的典型的人物。这在希腊是精通一切体育的良好血统的裸体的青年，在中世纪是庄严神秘的僧侣与恋爱的骑士，在十七世纪是完全的宫廷的人物，在近世是沉郁无底的浮士德或维特。

因为这种人物在一切的人们之中，是最有兴味，最重要而最成为目标的，所以艺术家把他们提供到社会上来，有时是形成非成凝集的活的姿态。在这种时候，艺术，如绘画，雕刻，小说，叙事诗以及演剧等，是模仿的。有时也有把这各种要素分散开来的；在这时，艺术，如建筑或音乐，不是创造人物本身的，而是唤起那感情或情绪的。因此，他们的一切努力，有时是表现那人物，有时艺术家是对着那人物所说的。所以一切的艺术是根据其存在的人物的。因为艺术全部，不是表现其人物，便是只为获得其人物的欢心而努力的。

以上是相续的四个条件。各条件是相互地诱导着，其中一条件若有了最微的变化，在其连续的条件中便起了相应的变化。

在这个公式之中，有再插入第二义的原因的话，如为说明一时代的感情，不只考察环境，加以人种的考察，为解释一时代的艺术品，在考虑其世纪的主要的倾向以外，加以考虑艺术的各个时期及各艺术的特殊的感情，则从这法则里，不只可以牵引出人类的思想界的大革命与一般形式，而更可以完全牵引出各国各派的差异，种种样式之不断的变化以及个个伟人的作品的特性了。

艺术品制作的说明是到此完全了。但剩下一个问题，即，虽然要有一种新的精神状态，才会产生与其相应的艺术品，但艺术家并不是只在等候着新的境地的产生的，如果这样解释的话，便成了机械论了，艺术家同时是负着开创新的精神状态的任务，他不能只在等着事物与精神的革新，他也要成为社会的革新的一份子。这便是说，在作为一个艺术家的另一面，是必要作为一个精神的革命者，社会的斗争者的。——这一点，泰纳虽未加十分地说明，而从他的论断里，我们可以看出这是自然的结论。

关于艺术上的理想

首先必要解释理想这个名辞的意义。按照文法上的说明这是不困难的。在这里我们要回想一下上面的关于艺术品的定义。我们说过，艺术品是比现实的事物所显示的更表现出完全而明白的，本质的或显著的某种性质。因此艺术家是创造那性质的观念，随着那观念而改造实物。这样被改造了的对象是和观念一致起来，换一句话说，就是和理想合一了。艺术家像这样随着自己的观念变化了事物而表现的时候，事物是从现实移到理想上来了。所以，看出事物中的显著的性质而牵引出来，为使那性质更明白地更成为主要的东西，使其各部的本来的关系给以体系变化的时候，艺术家便是随着自己的观念变化了事物了。

（a）理想的种类与阶段

可是，艺术家在自己的作品上所刻记的观念中，是有着优越性的东西么？人们能够指摘出比其他许多的性质有更多的价值的一个性质来么？在每一种事中，是有着一个理想之形，而其他的一切便是逸出正轨之外，便是误谬的么？人们能够发见一种等极的原理给各种的艺术品以等级的划分么？

突然看起来我们好像是要给以否定的回答的。我们觉得这样的定义好像是把我们研究的道路塞止住了。我们以为我们应当下这样的一个定义：一切的艺术品是保持着一种水平线的，在其活动的园地中是自由地开放着的。而且事实上，若只当对象和观念一致的时候才能成为理想的，观念几乎就没有问题了，艺术家是随着自己的选择；艺术家是随着自己的趣味或是取了甲，或是取了乙。我们丝毫都没有一定的要求。在这种场合确实好像是历史和理论站在同一边上了，而理论是由事实被确认了。我们看一看诸世纪，诸民族，诸流派吧：如果精神，教育，人种不同的话，艺术家从同一的对象里是得到不同的印象。每一个人都从对象中看取了独特的性质，作成各自独特的观念；而出现在新的作品中的那观念，成为完全使人信服的一种杰作。例如，普鲁士曾把贫穷的贪欲的尤克利昂这种人物活现在舞台上，而莫利哀捉到了这同一的人物制成了富裕的贪欲者阿尔巴恭，更过了二世纪之后，没有了从前那样被冷嘲的愚钝的人物，而变成可怕的优胜者的贪欲者戈朗戴老爹，被取用到巴尔札克的手上来了；更有同一种的贪欲者，从他的故乡的乡间被带领出来，变化成为世纪主义者的室内诗人的巴黎人，作成了巴尔札克的高利债戈布塞克。总之一切伟大的类型，总是不断地可以革新的，从前如此，将来还是如此。在因袭与传统之外能有所发明，正是真实的天才的真正独特的记号，无可比的光荣，世袭的义务。

不只观察文学如此，我们若观察其他种意匠的艺术更可以确定了某种性质是有着随意选择的权利。例如莱欧巴德·达·文骞，米凯朗桀罗与柯莱乔三个大艺术家，有描绘莱妲的同一的场面，而制成三种不同的人型，一个是具有纯洁贞淑魅人的优美，一个是具有傲然的精力的悲痛的伟大，一个是具有神圣的知慧的深刻的同情，你说，你是选择那一个莱妲呢，那一种的性质是优越的呢？在相当的程度上，那一个都是适应着人类性的本质的，或是对应着某一个时期的几类发达的本质，幸福与哀愁，健全的理想与神秘的梦，活动的力与精密的感受性，在人生的各种场合的一切伟大的态度中，各有各的价值。正如种种自然界创造的东西以及其构造与本能，必要发见出其在世界上的地位，其在科学上的解释一样地，种种人类想像的作品以及其所以生动的原理和作品所显示的方向，必要在批评的同情之中发见出它的确认，在艺术之中发现出它的地位。

但是，和在现实的世界里一样，在空想的世界里，因为有种种的价值，也便有种种的等级。对于艺术我们总是有着一个衡量器，而用这个器具，作着批评。不过一个人的意见是有着缺陷的，要由种种不同的个人的意见互相补充着，由各种偏见互相斗争，互相均合以及互相继续的补偿，慢慢地得到终局的舆论，而使其接近于真理。一世纪一世纪的相传，各自把这未判决的诉讼从各自的见地加以再审；从这里是可以看出深刻的是非与有力的确认。一种作品像这样地从一个法庭经过另一个法庭之后，如果是被几世纪的审判者下了同一的决定，那宣判大概是接近于真理的了；因为倘使那作品并不是一种杰作的话，绝不会把种种的同情都集在一起来的。

而且这种经过许多人许多世纪的裁判，不只是本能趣味的一致，近代批评的方法是要在常识的权威之上，加以科学的权威。如果是一个批评家的话，他必要晓得：自己个人的趣味是没有价值的；自己是必要解脱自己的气分，倾向，主义与利害；应当以同情为自己的才能；应当把自己放在那成为批评的对象的人物的地位上，深入那些人物的本能或习惯，亲熟那些人物的情感，思索过那些人物的思想，在自己的内部再现出那些人物的内的状态，微细地而如实地想像着他们的环境，和他们内的性格相合起来而决定他们的行为，要想像我体验他们的生活上的事件与印象而作成判断。这样的工作，由把我们放在艺术家的见地上，使我们越法地理解了艺术，而且因为这是由分析而成的，我们可以用一切科学的方法同样地施以证明与完成，根据这种方法的时候，我们可以赏赞某艺术家或非难某艺术家，在同一的作品里或是赞赏某一断片或是非难某一断片，不是任意地而是根据一个共通的法则，确定价值，指示出进步与脱线，辨出隆盛与衰颓，这种法则是我们现在要探寻出来，而给以明确地证明的。

因此我们要看一看那已获得的定义的种种的部份。

我们把最显著的某一性质作为最有力的，而认为那是艺术品的目的。所以一种作品越接近这目的，也便是越完全——这是一，即性质之意义；再换一句话说，一种作品越能正确完全地适应那被指示的条件，也便越被放在更高的位置上。这是二，即性质之效力。所以艺术表现的性质要尽量地显著，要尽量地有力。现在我们仔细地看一看艺术家的这两种义务吧。

(b) 性质之有意义的程度

可是所谓显著的性质是什么呢？如果有了两种性质，我们如何晓得甲是否是比乙重要的呢？这种问题我们可以在科学的范围里与以解决。因为在这时际其成为问题者，就是关于存在的本身，而构成存在的诸性质的评价，正是科学的工作。

约在百年前自然科学发见了评价的法则，那便是性质从属的原理。动植物的一切的分类都根据着这种原理的。在一个植物或动物上，被看出有某一种性质比其他的性质是更有意义的，而那也是最不变化的。所以这种性质是比其他的性质具有更大的力量，因为它比其他都更能抵抗那引起破坏或变质的内部的一切的攻击。例如，在植物上，高低与大小是没有构造更重要的。因为在内部的第二义的某种性质，在外部的第二义的某种条件，是不能使构造变化或恶化的。与此相同，在有脊动物上，四肢的数目和用途没有乳房更重要；它们可以成为水栖动物，陆栖动物以及空中动物，因为栖息的地方的变化而受到一切的变化，但不因此就把那可以授乳的构造变化了或是腐化了。

所以一种性质，越是不变化的也是越能引来或引去重要的诸性质。例如一个动物，有翅与否是极其从属的性质的，只能引起极轻微的变化，对于全体构造上毫无影响。反之乳房的有无，便是极重要的性质了，要引起重大的变化，是决定了动物构造的主要之点。

现在我们若检视一下为什么某种性质上被附与了优越的重要性与不变性呢，普通是可以在如下的思索中看出它的理由，即在一个活的存在之中，是有着两个部份——元素与配合。元素在先，配合在后。人们可以不使元素变化而颠倒配合。而且若不颠倒配合是不能使元素变化的，因此这两种的性质必要加以区别。甲是深刻的，内的，特异的，根本的东西，那便是元素或材料的性质。乙是皮相的，外的，转来的，累积的东西，那便是配合或配置的性质。这种说法是自然科学的最充实的理论的原理，也是同类的理论的原理。

在自然科学上所得的结论，便是，性质以其力量的大小而定其重要的程度，其力量的大小是由其对于攻击的抵抗力的程度看出来，因此其不变性的大小是指示出其等级的上下，在存在中，越是组织最深层的性质，越是不属于配合而是属于构成的原素，其不变性也越大。

这种原理也将适用于人类。我们先把它适用于精神的人类，我以人类为对象的诸艺术——小说戏剧，史诗以及一般的文学上吧。在这种场合，诸性质之重要程度的顺序是怎样的呢？而且怎样确定种种的变化性呢？历史供给我们以极确实而单纯的方法。因为事件在人类上发生着作用，在种种的比例上，变化了人类在事件中所看出的种种思想情感的层次。年月像鹤嘴似地搔着我们，穿凿着我们，这样现出了我们的精神的地质学。由最容易穿凿的层次，直到那最有抵抗性的致密的层次。可是亘数世纪的攻击，虽是强有力的，仍不能夺取了人类的全部。

例如第一，在人类的表面上有思想，有风俗，有持续三四年的一种精神气分，那是时代的时好。一个从祖国旅行到异域去的人，立刻感到一种绝然的变化，服装，言语，习惯以及名与物都成为新奇的。可是这些种的变化只是那气分的变化的尺度。在人类的性质中这是最皮相的，最不安定的。

在这种的性质之下，更具有一种更坚固的性质的层次，那要继续二十年，三十年以及差不多史的半个时代。例如，我们在许多文学作品里，可以看见那时代许多主要人物。那些人物或是怀有伟大的情热，或是耽于忧郁的冥想，或是政治家，或是反抗者，或是人道主义者，他们的情感与思想是全时代的。因此要看见他们消失了去必要经过一个时代不可。在历史上其占有胜力的年月，以显示给我们其深刻的程度，便教训给我们其重要的程度了。这是第二层。

其次我们到达了第三段的极广大极深厚的层次。组成这一层次的诸性质，在历史上是继续一个完全的时代。同一的精神形式支配了当时的一世纪或是数世纪，在中间期不断地不断地抵抗了那攻击来的一切崩毁的打击，乱暴的破坏以及阴险的磨擦。如中世纪，文艺复兴期或古典时代，便是这样的一例。这种时代的消灭，是要政治上，宗教上或文学上的极激剧的变化。

可是这些历史的模型，无论怎样确固安定的，也有告终的日子。但在适应历史的时期的有力的层次之下，还有一种不适应于历史的时期的更有力的层次。这便是民族的素质。每一个民族都有着非革命，衰颓或文化所能改变的许多种的本能与能力。这些种本能与能力，因为是潜存在血液中，所以要和血液一同变化的。只要当那民族的血液还能稍为保持纯粹的时候，那么，凡是在祖先之间所现的精神气质的同一的素质便在最后的子孙的少年间也可以看得出来。可是若更往下探究的话，在民族性之下还有着成为更深的根柢的人种性。如在肉体上，有脊椎动物，关节动物或软体动物等等的差异，同样在精神上的人种相互间也有着差异。这最后最下的一层，是存在着一切人种的特有的性质。

组成人类精神的本能，能力，思想，情感的累积的层次，是有着这样的顺序。从上级往下级一层层探寻来，我们可以看它是怎样越来越坚厚，测量出它是有着怎样的重要性与安定性。我们借助于科学的方法，在这里完全发见出它的用途。因为最安定的性质，在历史上和在博物学上一样地，最初步的，是最内在的，也便是最一般的。某种性质唯其是最初步的，其影响也越广。可是其影响所至既广，而也越来越安定。

文学价值的阶段每一段都是对应着这种精神价值的阶段。要之，在一切的条件相等的时候，由某一本书明了地表现出来的性质，因其重要的程度，因其是否是初步的或安定的，也便决定了那书的伟大的程度，而且我们更可以发见到精神的层次，是穿通着那表现这层次的文学的作品上的力与永续性的各自固有的程度。

第一，有表现流行性质的流行文学。这种文学也和那流行性质一样地只有三四年或更少的生命。只要风俗一起微弱的变化，这种作品便被淘汰了。第二有对应着更永续的性质的另一种作品，那便是某一时代的杰作。这种作品，只是在其表现的精神性质还存续着的时候，会获得成功的，在历史上有许多当时的杰作，它们的价值在今日只不过是史料而已。

总之我们可以举出许多极显著的例，指示出作品的价值是怎样地和被表现的性质的价值共同地或增或减。

可是有时人们也可以看出有几个作家留下许多二流的作品，而只留下一部一流的作品的例，而论起那作者的才能，教育，教养以及努力又都是同样的。这原因便是，其所以产生二流的作品者，是因为他所表现的是皮相的一时的性质，而其所以产生杰作者是因为他所捉到的是深刻的永续的性质了。由这样二重的经验，我们可以看出永续的深刻的性质的重要。因为，若没有这种性质，就是伟人的作品也要堕落到第二位的位置上；若有这种的性质，就是才干稀薄的人们的作品，也可以升上第一位的。

所以我们若看一看文学上的伟大的作品的话，你可以看出那些作品都是表现了永续的根柢的性质，那些作品，因其性质越是永续的越是深刻的，而地位也越高。这些作品，有时把历史的或时代的重要特色，有时把民族的第一义的能力和本能，有时把普通人的某断片及人类的事件的最后理由的初步心理的力量，以使人铭感的形式，在人类的头脑里，提供出一个缩图来。

艺术家越是伟大，也越是深刻地表现出他的民族的气质。他自己不留意地，像一个诗人似地，供给出历史上最真实的资料。他在一方面拙出或扩大肉体的（物的）存在的本质，另一方面他同样地拙出或扩大精神的存在的本质。这样，历史家由绘画识别一民族的肉体的本能及构造，由文学识别一文明的精神的能力与构成。

（c）性质之有效的程度

诸种性质的比较，还有第二个见地。因为它们是自然的力，所以在这种意义上，可以作出两样的评价。第一可以把一种力与其他关联着给以考察，第二可以把它作为自体而考察。与其他关联着考察的力，在其能抵抗其他或打消其他的时候，它是更大的；作为自体而被考察的力，其影响的结果的进路不是把它的力引到消灭的方向而是引到增加的方向的时候，它是更大的。这样，力是发见出两种尺度。因为这是两种的测验，即，第一是受其他的力的影响的测验。第二是受自身的影响的测验。关于第一的考察，是由于第一的测验及诸性质的永续的程度，或在遇到同一破坏原因的攻击时，由于其更完全地更长久地存立，显示给我们诸种性质所受取的地位的高下。关于第二的考察，是由于第二的测验，由于那放任于自身的诸性质及那看取这些性质的群集的灭亡或发达，由于到达自身的破灭或自身的发达的完全的程度，显示给我们诸性质获得的地位的高下。在第一的场合上，我们向着那成为自然的原理的诸性质的初步的力，一段一段地降下去，于是我们看出艺术与科学的关联，在第二的场合上，我们向着那自然的目的优越的诸性质的形式，一段一段地升上去，于是我们看出艺术与道德的关系。我们以前是随着诸性质的重要性的大小而考察的。此后我们是随着诸性质的恩惠的多少而考察了。

我们先从道德人（精神人）以及表现他的艺术品着手吧。我们一看就可以明白那赋与人类的诸种性质，或许多少是恩惠的，或多少是有害的，或者是二者的混合。我们每日看见个人与社会的繁荣及力的增加，其企业的失败，破产以及灭亡。在这种时候，我们若取他们的生活的全体来看的话，可以看出他们的没落，或是缘于全体构成上的某种缺点，或是缘于某种倾向的夸张，或是缘于情况与能力的不均衡，同样地，他们的成功是因为内的均衡的安定以及欲望的相当的节制。这样我们走上了第二的阶段。诸种性质的分类，是根据它们对于我们的有害或恩惠，是灭亡生活的或保存生活的，引我们的生活于困难或援助的大小。

如此说来，生活是成了第一个问题了。可是对于个人生活是有着主要的两个方向，即知的方向与动的方向。因此人们在个人之中必要区别这两种主要能力——知能与意志。从这里我们可以得到一个结论——在行为与知识上，其援助人的意志与知能的诸性质是恩惠的，反之便是有害的。意志，与其他相关联而考察的时候，是一个力，作为其自身而考察的时候，那是一种善。不只知能的一切成份，透彻，天才理性，机智与巧妙，而意志的一切成份，勇气，活动，确固与冷静，都是我们要制作的理想人物的片断。

现在我们晓得了对于个人实际有用的内部的诸性质

了，可是为了他人有用的内部的原动力是存在在什么地方呢？——这有着唯一的东西，那便是爱的力。因为所谓爱，便是以他人的幸福为目的，使自己从属于他人，为他人而劳苦，为他人的善而作献身的工作。我们在这里可以看出最恩惠的性质。这显然是我们所作的阶段中最高的第一个。因为有这种爱的力，才会使人发生感动。

这种道德价值的分类，是对应着文学价值的分类的每一段。要之在一切条件平等的时候，那表现恩惠的性质的作品是比表现有害的性质的作品更优秀的。假使同时有两个作品，双方是以同样完全的才干以同样大的自然力制成的话，那表现英雄的作品是更胜过那表现痴汉的作品的。在那作成人类思想之决定的博物馆的有生命的艺术品的展览中，是可以看出有随着我们的新的原理的新的等级的确立。

最下的一阶级有写实主义的文学及喜剧的滑稽之型，即：偏狭，平凡，愚劣，利己主义，薄弱，普通的人物。这些作家因为是依照着人物原样的描写为目标，所以是不完全的混合，是下等的，每一次都因其性质而失败。

但伟大的艺术家是负着从样式的要求，从深刻的真理的爱而作着一切可怜的种类的研究的任务，他们就借着这两种技巧，遮盖了他们的代表的性质的凡庸丑恶。他们第一是以明晰地浮现起主要人物而作为有用的从薄物和对照物——这是小说家最多使用的方法；第二，他们把读者的同情转向和人物成为反对的方向去。即，以那些人物的不断的失败而屏弃了他们，挑发起对于那些人物的非难复仇的笑。他们是故意地显示出那些人物的不完全与否运的结果。他们把那些人物所固执的缺点，从生活里驱逐排除出去。使那起了敌忾心的欢迎者，得到满足。观者看见慈悲与力的扩张是和看见愚劣与利己心的粉碎，同样地感到欢喜。恶的退治与喜的胜利有相同的价值。但是显示这些矮小残废的灵魂，是会招起读者疲劳，倦怠，焦燥以及不满的。如果使他们占据了过多的场面，会惹起人呕吐的了。所以我们要求作家表现那更强的要素的更高尚的性质的人物。

在阶段的这一位置上，我们将看到强力的可是不完全的，而且是缺乏一般的平衡的类型了。某种感情，能力，精神或是性质的倾向，若是得到过大的增加，便是牺牲了其他，在一切种类的荒废与哀伤之中，它独自发展着了。这些是剧文学或哲学的文学的普通的问题。因为在一方面，对于作家，在供给其剧的要求的内心的痛苦，感情的葛藤与急变，以后悲痛恐怖的事件上，是最适当不过的。同时在另一方面，对于思想家的眼，在显示出我们未意识到的可是成为我们生活的盲目的主权者而在我们的内部活动着的一切不明的力，构成上的宿命性，以后思想的经纬等，是最适当不过的。这些畸形的人物是时常出现在作品里，有时他们具有最特殊的最微妙的情感，极精致极强固的能力，可是因为缺欠正当的指导，这些力使那些人物终于破灭，我是狂乱得令旁人受他们的累。但最深刻的文学就产生在这些之上，因为他们表现出更优越的人性的重要性质，原始的力，以及那较深的层次，读著这些作品的时候，人们感到一种伟大的感情，即走入事物的深奥里，体验到那支配灵与社会与历史的法则作为观照的人之感情。但是人们对于这些所得的印象是苦痛的。

其次我们更升上一段来看吧。我们将到达那完全的人物，真实的英雄了。这些人物具有完整的姿态，高尚纯洁的性质，他们把我带到理想之最高的天上去。——随着以上这些类型的不同，也就产生各自不同的文学了。如在教养过甚而稍稍老了的民族里，便出现了最低的而也是最真实的类型，戏谑守实的文学；如在社会发达的隆盛的期间，或是当人类在大生活的中央的时候，便出现了强壮永续的类型，剧或是哲学的文学；如在一方面是成熟，另一方面是衰颓，二者混合之期，那便在各自的创造之傍也发生其他的创造。但是真实理想的创造物非是在青春的素朴的时代上，是不能产生的。所以那总是在远远的古昔的时代了，在民族起源的时代了，沉溺于人类少年时代的梦中，才真能够发见英雄与众神的。

像精神人的各阶段一样地，肉体人也有着相对应的各阶段；同时像表现精神人的艺术（文学）的各分段一样地，也有表现肉体人的艺术（绘画）的各分段。总之事物的性质和艺术品的价值是有着同时可以被分类的二重阶段。性质越重要越是恩惠的，也便越占有高的位置，而且越是表现更高性质的艺术品，也越被放在更高的位置上。

（d）效果集中的程度

把性质的本身考察了之后，我们还要探索当那性质移入于艺术品中的时候法则。即，不只性质的本身必要有最大的价值，而在艺术品之中，那性质必要尽可能地占取优势。这样才显示出那性质的一切光彩与跃动。只有这样，才能使那性质比在自然中得到更大的显明，因此那作品的一切部份，非全是为显示那性质的不可了。纵算一切的要素都是无活动的也吧，而把注意引到别的方面去是不行的。换一句话说，在一种绘画，雕像，诗歌，建筑与交响乐上，一切的效果非是集中的不可。其集中的程度是表示了作品的位置，而我们由此可以看出这第二个阶段，在测量艺术品的价值上，是和前二者相并列的。

还是先取那表现精神人的诸艺术，特别是文学来看吧。我们先来区别那构成剧，史诗与小说的诸要素吧。

第一，要有那具有特殊性质的若干人物；而且在一性质之中可以识别出几个部份。如荷马所说，小儿自从“在妇人的膝间落下来”的那一瞬间，至少便作为胚种而领有着相当程度的某种的能力与本能。那个小儿，从其父，其母，其家，更广大地讲，从其种族，牵着一个系统。而且其世袭的资质是和血液一同地传下来，他更领有着比他的同国人或亲族之不同的容积与比率。这种内部的精神的素质是和肉体的体质相结合，而且其全体，由教育，规矩，练习，由少年时代，青年时代或以后所遇的一切事件与行为，所反驳着或修补着，形成了他原始地被赋与的财产。这些种力，不是在相互打消的时候，而是在相互补充的时候，即由于这些力的集中，才在那个人上刻下了深刻的痕迹，于是我们才看出他们显著的或强固的性质。

但这种集中在自然里时常是不足的，而在大艺术家的作品里却决不是不足的了。所以那些性质虽是以与现实的性质之相同的性质而组织的，可是比现实的性质更有力。他们从遥远的地方而且很详细地，准备着养成着那个人物。有一种广大的构造支持着他，一种深刻的理论构成着他。从其中，我们看见人物内心的全部，那显示着一切过去与得来的征候。伟大的艺术家，当描写某一种人物的时候，他的才能总是把组成的要素，莫大量的精神的影响，像许多膨胀起来的水似地向着同一的河道，向着同一的倾斜处聚集。

文学作品中的要素的第二群，便是场面与事件。关于性质一有所设想，而把这性质引入于某种葛藤中，便非是适当地表现出那性质不可。在这一点上，艺术也比自然更优越。因为在自然界里，事物不总是只在一条线上进展的；某种强大的性质若无机会或诱惑是会被埋没了的，会成为无力的。而艺术家是可以对着性质或性格适当地配合场面与事件。在大艺术家的设定之上，又决不是遗漏的，反是增强了表现。

这种法则是可以适用于大体上以及枝叶上。人们由以某效果为目的而集合各部份作成一个场面；或是以某段落为目标集合着一切的效果。为了那想要登上场面的人们，而构成了故事的全体。全体的性格（性质）与继续的场面的集中，使性格到达了决定的胜利或终局的粉碎，而澈底地表现了性格。

最后剩下的一个要素，是样式或风格。实际上只有这样是最易看得到的。其他的二种不过是内面而已，而样式或风格是穿在上面的衣服，只有它是出现在表面上来。一部著作不过是作者所说的或人物所说的文句的连续而已，耳目所能捉到的只有它们；而且内部的听觉或视觉从其上所认识出来的别的一切事物，也只是介在那些文句的中间。所以这是非常重要的第三要素，它的效果，必要使全体的印象升到最高度而与其他的效果一致起来。但是文句其自身可以採取种种的样式，取用种种的效果，它可有一切的变化，艺术家是可以自由地选择。可是这种选择或变化是必要取最适应那场面和性格的，由此我们可以看出，由场面与性格的效果，是否是向着风格的效果之一致的方面，而决定其力之增减。

以上三种要素的集中，使性格得以隆起。艺术家在其作品中越能识别效果的许多要素而集中，他所要显明地表现的性质也便是重要的。艺术全部的生命是联系在“集中地表现”这一句话上。

根据这个原理还可以把种种文艺上的作品作一次分类。诸条件若是一切平等的话，由作品上效果集中的完全的程度，而决定作品的美的程度。而且，适用于诸流派的这法则，在同一艺术的继续的诸期间，已经是奇异地设定了分类了。

在一切文艺时代的当初，我们看出是有着素描的时代。这时的艺术是微弱幼稚的。即，在这种场合效果的集中是不充分的，这罪过是要归诸于作家的无识。这时不是作家的灵感的不足，他是有着灵感的，而且往往是很率直而强固，但他们不知道方法与技巧。他们不知道写作的方法，不知道题材的各部份的配置，不知道使用文学上的资源。这时代中的作品不能占据永远的文学中的一席。

在另一方面，在一切文艺时代的末期，我们看出那是衰颓的一时期。艺术由因袭的习套而冷却，老衰以及腐朽了。其这里效果集中是不足的。但是这种罪过并不是归诸于无识：反之，人们是未曾有过这样多的学问。

一切的技巧都是完成的精炼的：而且那技巧是普及于一般了。想使用这技巧的人，便可以取用这技巧的。这时艺术所以低下者，完全是因为感情的微弱。作成诸大家的作品的思想，是倦怠了，是受了损伤。人们只是由追想与传统保存它而已。人们是想用腐坏的东西而把它完成起来的。所以外的形式还是像从前一样地残存着。而潜入在那形式的灵魂是已经变了，而其对照成了不快的了。古代的形式是不能包容近代的情感，同时近代的情感是不适于古代的形式。

其次我们再看文艺时代的中心。那正是艺术繁荣的时期。在其前是胚种的时代，而在其后便是褪色的时期了。适于这个时候，效果的集中是完全的。

在伟大的作家，其手法虽是非常地差异，而总是集中的。而且大作家的范例对于其后继者，并不能强制他取用何等的风格，何等的配置，何等的固定的形式。甲可以由 A 路成功，乙也可以由 B 路成功。必要的唯有一点：便是那作品其全部要走入于同一的路。一切的力，非要都举起来进向唯一的目的不可。艺术，在如自然的一切型式之中，把人流入进去。只是为使那人生命丰富，在自然和在艺术中一样地，各断片都形成一个全体，既是最小要素的最小部份，在其中也是为全体的一个奉式者。

精神人与表现它的艺术是这样，肉体人与表现肉体人的艺术也是这样。如在绘画中，人体，线条，色彩等，都是同样地须保持调和而达到力的集中。

现在我们是作了艺术的全部说明了，而且我们已经理解了对各作品中的各阶段，其选定各应取的位置的原理应当怎样。根据我们的研究，我们看出艺术品是由部份而成体系，而且我们晓得艺术的目的是在其全体的集合，在其某种显著性质的表现。从此我们的结论是，其性质的显著程度越大，同时越具有支配力，那作品也越优秀。我们从其显著的性质之中，看出有两种区别，一是那性质的重要的程度，安定的程度，二是恩惠的程度，即其对于个人和社会的保存与发展上贡献的程度。我们看出这评价性质的价值的两种见地，是对应着那评价艺术品的价值的两个阶段。我们把这两种见地合起来成为唯一的，我们看出，重要的或恩惠的性质，有时由其对于其他的效果，有时由其对于自身的效果，不过是被测定了的一个力而已。所以有两种力的性质，便是等于说有两种的价值。其次我们更追究在艺术品之中，如何能够比在自然里更明白地表现那性质呢？这时，我们看出艺术家在使用其作品的一切要素的时候，是要集中其一切的效果或是非常显著地浮起那性质。这样，在我们的前面，耸起了第三个阶段。于是我们又看出那被表现的性质，在艺术品中，越能一般地以支配的影响，被表现出来，其艺术品也越伟大。

关于现实的认识与艺术的表现

作家的理想的人物

几乎在一个相近的时期里，《沙宁》出了三个中译本；然而无论从那一方面讲，《沙宁》都不是一本好的书。

那个死于日内瓦的会议席上的苏俄外交官伏罗夫斯基曾在《巴扎洛夫与沙宁》的题目下，对于《沙宁》这书以及这人物作过严峻的批评，有一段话是非引过来不可的：

> ……作为艺术家的阿志巴绥夫是不可和屠格涅夫相比的，——他也当然不以为自己是可以和屠格涅夫比肩的作家吧。即看形态底明彻与艺术性，也就毫无可疑地现出二人的才能的差别来，而这差别也在创造的普遍力上返映着。

以阿志巴绥夫《沙宁》中表现的艺术性，来和屠格涅夫的杰作相比较，那自然是相差得太远了；作为一个艺术家的阿志巴绥夫，恐怕是要属于二三流的作家之类的吧，在这本四五百页的《沙宁》上，那场面，那故事的构型，那人物的风格，总之那作者的创造力，是随处显示了充分的薄弱。

但在这里我想讲的，是沙宁这个人物，他不是历史上的典型，他完全是艺术的幻想的果实，即作者之理想的人物。而这个理想人物，一半缘于作者艺术制作力的薄弱，一半缘于缺欠真实典型的模特儿，以致形成非常夸大的，非常做作的东西。

这一点，伏罗夫斯基是同样地观察过了。紧接着上面的引文他曾说：

> 屠格涅夫是以尽可能的客观性写了使他惊叹的人物的肖像。巴扎洛夫牵引了他的兴味，使他执创作的笔了，但并不曾唤起亲密的，同感的反响。“在这里有着不折不扣的新时代的雏型。”屠格涅夫说。阿志巴绥夫对于沙宁的态度却不是这样的。对于小说的主人公的他的共鸣是无可疑的事实，他把主人公理想化了。他不止单单描写实在的典型，他还要把对于他——即对于作者——很中意的特质赋与了那典型。“新时代是必需如此的，”他是想这样

说的。这样存心着，所以和巴扎洛夫是写生的东西相反，沙宁是“做出来”的东西了。沙宁能够好容易才完成了自己的任务是靠那为了主人公的缘故苦虑着更优美的条件（主人公的体力，对立人物的钝重与卑屈）的作者的这善行的结果；而反之，巴扎洛夫是自由地活动着，服从自己的内在的理论。沙宁是社会的地不合理的存在，和那无用的多余物的典型有关系；而巴扎洛夫却是必用的，即在社会发展的经济方则上也寻得到理解。

巴扎洛夫是否真如这位批评家所说是一个时代的典型或者只是“不折不扣的新时代的雏形”而已，暂不用论，但无论如何，沙宁不是一个时代的典型，连一个雏形也说不上，是无可疑的事实。沙宁和巴扎洛夫同样是被称为虚无主义的代表的人物的，然而在他们之间却有着很大的差别，在巴扎洛夫的虚无主义中，是含着一种新的力量的胚胎，所以这种虚无主义的本身，是成为一个转变时代的过渡，是有新的产生的希望的。而反之沙宁的虚无主义完全是绝望的知识阶级的精神麻痹的表现。这一点，我们可以由作者表现沙宁的几个特点上来证实。

沙宁的特色是什么？第一，沙宁对于性欲有着超群的惊人的论调；第二，他是极端地反对知识的；第三，他是有着极其健壮的体格；而这些点，都正是十九世纪中叶以后的俄罗斯大部份智识阶级所最苦恼着的关键。阿志巴绥夫，在他的作品中我们可以明白地看得出，他正是这样苦恼着的知识阶级的一份子。他的苦恼，——对于自身或自己同阶级的人的苦恼，结果使他幻想出这位畸人沙宁，而更夸大地表现在艺术上。这种幻想正如那终生苦恼于长期肺病的英国作家斯蒂文生之过分地歌颂健康的心境是同样的。

然而阿志巴绥夫在其理想人物的沙宁的表现上，并没有成功，因为他是太缺少真实性，几乎不能使人相信那是有存在的可能的了。沙宁，以其对于性欲的超俗的解释，而便作为诱惑挑斗美丽的女儿或甚至肉欲地拥抱自己的妹妹的理论的实证，这该是怎样地卑鄙；以其对于知识的反感，——五百页的书上只有一瞬间提到他是在读书，而便证实他的精神或谈吐的健壮，这该是怎样地罗曼蒂克；以其愚蠢的体力的显示，而便制造出一个特殊卑曲的对立人物来受他的一顿鞭打，这该是怎样地无味的英雄主义；甚至那被许多人取为美谈的全书之结尾——沙宁因为在火车上厌恶人类的面孔而便勇敢地跳下火车来吐一口大气的那场景，又该是多么狂诞吧。

总之，沙宁是一个在幻想上被制作出来的人物，是缘于作者长久地苦恼于自身的缺欠而有意夸大地表现出他所认为是理想的人物，而这人物是超乎一切实现的可能性之外了。这样做作出来的东西，如果是经过了一番完整的精练的艺术的渲染，或者也可以成为一个典型，作为曾经实存的人物而欺骗了后世的读者吧（在文学的历史的人物上是有着无数的这样的实例的），但可惜阿志巴绥夫的艺术是未能作到这一步，在无论什么地方，我们都可以看出他的有意的做作来。

由沙宁的例，对于我们的作者，可以供献出一个教训，即一切作者之观念的狂想的人物，而想欺骗读者们当作一种典型来接受，那是极少成功的可能性的。

（注：——文中引用伏罗夫斯基的话，是根据画室先生的译文，而有一两个字的增减。）

杂谈“小鬼” 徐懋庸

侍桁先生批评阿志巴绥夫的《沙宁》，以为沙宁这人，“不是历史上的典型”，而“完全是艺术的幻想的果实，即作者之理想的人物。”因此；又因为作者艺术制作力的薄弱，“以致形成非常夸大的非常做作的东西。”

这些话是有可以首肯之处的。不过，我们看到，无论怎样的作家，当创造——或者应该说描写——一个典型人物时，常不免于夸大和做作。即如屠格涅夫笔下的巴扎洛夫或罗亭，也是很有夸大和做作之点，要使读者认识在这里是有着一个时代的典型。此外如西万提司的吉诃德先生，冈卡洛夫的奥勃洛莫夫，鲁迅的阿 Q，假如作者在其人物的典型的特质上，不加一点夸大和做作，那么这人物就不成其为典型，因为典型的特质，平常是混杂在许多普通的气质里面，不经夸大和做作——即电影艺术上所谓“特写”——是不甚显明的。我们在乡下，日常与许多带有“阿Q气”的人物相见相处，但未经鲁迅特写的时候，我们对这阿Q的特质的认识，总没有读了《正传》以后那样的明切。

因此，沙宁之所以不成其为一个时代的典型，根本就因为社会的地位并无这样的人物的存在，与作者的艺术品制作力，我看是无多大关系的。

（下略——因与本问题无关）

现实的认识

当我解释《沙宁》的非真实性的时候，我曾提及那是与作者的艺术力有关之点，其后不久我就看见了徐懋庸先生对于我的这意见的指摘，按他的意思，人物的真实是以其是否实存为决定，而与艺术力无关的。在这种意见的冲突中，或者是表示了我们对于艺术的观察的根本的差异，例如，譬喻地讲，在制造人物的场合，他是把艺术的机能看成为摄影机，不管摄影师的手法怎样地高明，实存的人物总是必要的；反之，我看艺术是如画家的笔，颜料以及画布，在画家的面前如果有一个模特儿，其对象虽是定形的，未必就能原样复现在彩色的油布上，但如果画家的脑里生了一个意象，虽然面前并无实际的模特儿，他的人物的制造仍然可以是同样地真实的。总之把艺术看为过于机械的东西，我是反对的。

使艺术实际上完成了艺术的任务，它之不能脱离开现实，那确是一个原则。但因此不能就断定艺术必定是现实的忠实的反映。因为，作为一个艺术家或文学家，他的创作的真实性，并非是在其有无现实的问题，而是在其对于现实认识的程度和正确性，以及如何不破坏艺术的均整使他的认识具体地形成一种艺术品。所以艺术的现实，或是那被移到艺术里来的现实，不只是作家对于现实的一般认识的表现了，那认识要是深刻的正确的，并且那认识的表现也要艺术的地正确的。更明白地讲，艺术制作的过程，第一步是在现实的认识，第二步是在艺术的表现。我以前所谓的“艺术力”就是指这后者的。如果我曾忽略了第一步的重要性，而只看重了第二步，那我应当承认我是错误了。但事实上我并未如此；我说《沙宁》在现实的认识的误谬之上而又有着夸大的不正确的表现，的确的，我所以非难《沙宁》者，是因为它在这两点上，都有着缺欠。所以我虽没有否认第一步，而徐先生却明显地否认着第二步了，这不能不说是他的错误。

以屠格涅夫的《父与子》和阿志巴绥夫的《沙宁》，对比着给以考察是最容易证实这理由的。由《父与子》

出版的当时在俄罗斯社会上所引起的反响来看，我们不能不怀疑那主人公巴扎洛夫的真实性，当时俄国父代的老人是无疑地愤恨着这种人形了，而子代的青年却也不欢迎他，声言他们是受了误谬的表现，老人和青年都毫不容赦地对《父与子》的作者咆哮起来，使他饮泪离开了祖国，但他仍固执地说："这里是有着不折不扣的新时代的雏形。"其后，时间证实了屠格涅夫的主张并没有错。《父与子》，以其对于现实认识的深邃，以其艺术的表现的正确，使这种"雏形"渐渐地成长着，俄罗斯的社会里终归出了巴扎洛夫的类型的人，而巴扎洛夫的本身也就不愧为一个典型的人物了。

但在屠格涅夫从现实中捉取了这个"雏形"的时候，艺术家的屠格涅夫是在演着一个预言家的职务了，他能否使这个"雏形"生长起来，使预言家的他转至艺术家的地位来，是完全看他的艺术的表现的，依我的观察，屠格涅夫是作到这一步了。反过来讲《沙宁》的作者阿志巴绥夫，他也同样是一个预言家，而他的预言是不正确的，当然，阿志巴绥夫，自己也以为是从现实里捉取了一个类似"雏形"的东西，而才动笔的，但可惜他对于现实的认识是不正确的，他的《沙宁》无论如何是不会出现在"新时代"里的，而且由预言家转到艺术家来的阿志巴绥夫，他在才干上更显示出过多的缺欠，他的艺术的表现是比他的预言还不正确。因此《沙宁》，不管在其出版的当时曾是怎样激怒了社会，它也是完全失败了的东西。

我曾指明沙宁不是作者，是和作者完全相反的一个理想的人物，但在《沙宁》里我们是可以看到作者的影子的，那便是那个受了教育的恶害麻痹了一切的行为的力，结果死于自杀了的青年犹里。他和沙宁的性格完全相反，沙宁是一个过份地强者，犹里是一个过份地弱者，可是他们两个是同程度地不真实。正如为使沙宁成为一个英雄，作者给与了他一件优越的条件，而同样为使犹里成为一个无信仰无行为的犹疑者，作者给了他一切卑屈的条件，作者不但处处暗示地嘲弄他，甚至在犹里的墓上，使沙宁说出这样的话："现在世界上又少了一个庸愚的人了！"像这样和中国说部小说的制作法相似的《沙宁》，如何能够成为一部现实表现的艺术的书！

但纵退一步讲，倘使《沙宁》的作者像《父与子》的作者同样地捉取了现实的"雏形"的话，他的艺术表现法是能够得到像屠格涅夫一样地成功的么？——我可无疑地回答，那是绝对地没有可能性的。一个作家如果是取用了论文的说明的形式，只有现实的正确的认识，或是足够的，至多再要文字的清顺，但如果写成并不是完全论理的小说，戏剧或诗歌，那就必要更多的艺术制作的才干和劳力，而阿志巴绥夫在《沙宁》中所显示的艺术，的确还缺欠得太多。

在这短文里，我只使读者理解而同意于我的一点，是在说明现实的认识是和艺术的正确的表现有着绝对不可分离的联系，像徐先生那样以为只有前者便能完成艺术的制作的说话，无论如何是错误的。而且倘如一个作家纵有现实的正确的认识而无艺术的正确的表现，那就连他的认识的部份也将毁坏了。

关于“现实的认识”：徐懋庸

相隔两月之久，侍桁先生忽而记起有人曾经“指摘”过他的意见而指摘错了，于是遥遥地追上来“反对”。这在写那篇文章的我，是吃惊不小的事，同时又觉得很为难。也来再说几句么？恐怕要被侍桁先生和第三者疑为好辩或好胜。默尔而息罢，则实在颇觉得冤苦，自从《杂谈小鬼》一文在《自由谈》上发表以来，意外地招惹出来的是非已太多了！

说起来倒是一段小小的因缘。我对于中国的批评家的文艺批评，是向不留心的。但那一次之所以注意到侍桁先生批评《沙宁》的文章而且读出一点感想来者，乃是听了巴金先生的话所致。巴金先生曾对我说：“在文艺批评方面，韩侍桁是很有希望的，他发表的批评文字还不多，但他对于文艺的研究，实在很深”。是这几句话的影响，使我注意侍桁先生的文章，而且很信任他。

当他批评《沙宁》，以为沙宁这人“不是历史上的典型”而“完全是艺术家的幻想的果实，即作者之理想的人物”时，我还是完全首肯的，但当他说《沙宁》的作者因艺术制作力薄弱，“以致形成非常夸大的非常做作的东西”时，我曾提出一点补充的意见。

我的意见很简单，就是：（一）夸大和做作，为无论怎样的作家所难免。即便是屠格涅夫笔下的“历史上的典型人物”，亦很有夸大和做作之点，（二）沙宁之所以不成其为一个时代的典型，则根本是因为社会的地并无这样的人物的存在，（换言之，即这完全是艺术家的幻想的果实，）与作者的艺术制作力无多大关系。

当时我本来还想说一说阿志跋绥夫的艺术力，以为把他的艺术制作力说做薄弱，这标准未免定得过高，尤其是对现今的中国作家而言。比屠格涅夫稍觉逊色的人们，便算薄弱，侍桁先生的批评真是苛酷啊！

然而那时我并不专和侍桁先生讨论，所以这意思就不曾写出。如今在这里写了出来者，乃是要使侍桁先生知道，轻轻地断定阿志跋绥夫为浅薄，我也是不能同意的。

至于这一回的《现实的认识》一文的论旨，简直使我莫明其妙。首先侍桁先生说我和他的意见的殊异在于：我是“把艺术的机能看成为摄影机”而他是“把艺术看成画家的笔，颜料以及画布”。但我的看法是机械的。我的看法到底是否如侍桁先生所说的那样，且不说。且看他自己的罢；“如果画家的脑里发生了一个意象，虽然面前并无实际的模特儿，他的人物的制造仍然可以是同样地真实的”。这固然不错，但是我们的高明的画家脑中的意象，到底自何而生的呢？倘若说，这个意象，是根据曾经见过的实际的模特儿的记忆而构成的，那么，画具和照相机实际还是一样，总得有一个实物作对象，不过画家作画时，仅凭记忆也可能，不必把模特儿摆在眼前，而摄影之际，却非把对象放在面前不可。然而，要是根本上没有一个实际的东西，则影固无从摄，但画师的意象也不是无从发生么？就以沙宁来说罢，若社会上本有这样的人，则无论是摄影机或画具，都能作出他的肖像来。但是实际上这样的人竟是没有，所以纵有高明的摄影师和画家，也不能作出一个正确的肖像。所以我说：“则与艺术制作力无多大关系”。侍桁先生反对我的话，难道他以为阿志跋绥夫的艺术制作力再高明点，就可把沙宁变无为有么？

在后面，侍桁先生把“预言家”这个头衔，加到屠格涅夫头上去，且引《父与子》的事实作例。我以为是可笑的。我相信存在先于思维。屠格涅夫“从现实中捉取”巴札洛夫的“雏型”时，巴札洛夫的“雏型”实已在现实中存在，别的人看不到，是别的人的眼光不及屠格涅夫“深邃”之故。屠格涅夫眼光“深邃”，比众人先看到这个雏型，于是说了出来。他若不说，这个雏型仍然要长成的，但这长成，是社会的客观条件使然，并非屠格涅夫的艺术制作力使然，侍桁先生说屠氏“以其艺术的表现的正确，使这种雏形渐渐地成长着，俄罗斯的社会终归出现了巴札洛夫的类型的人”，这简直把屠格涅夫说成一个上帝，是他的艺术制作力使俄罗斯社会出现巴札洛夫！据此以论，阿志跋绥夫不能给俄罗斯社会创造忠实的沙宁型的人，则其艺术制作力，诚可谓薄弱矣！

我对于文艺，太少研究，从文艺的立场来和侍桁先生讨论，真是班门弄斧，岂敢岂敢！我所把持的是一点平常的道理。这道理使我相信，艺术家不能凭幻想的“意象”造出一个“历史上的典型人物”，不管他的艺术制作力怎样高妙。我相信对于一个作家现实的正确的认识比艺术的正确的表现更其重要。因为，有正确的认识而无正确的表砚，其“毁坏”也犹如刻鹄不成而类鹜，若认识不正确而艺术制作力太高妙，其失败也，则如画虎不成而类狗矣。

何况，根本不会现实，故存在的事物，认识将何从？表现又将何从？

关于“现实的认识”与“艺术的表现”

——答徐懋庸先生

我想这无需声明，我的那篇短文《现实的认识》，并非完全为着“反对”徐懋庸先生的意见而写的。但因为记得徐先生曾经说过那样的话，也就顺便地提了提，因此引起徐先生更明确地表示了他的意见，而且还提出可讨论的问题，这在我是非常高兴的事。不过我们的意见却还是在根本上有着冲突的，例如，徐先生说：“我相信对于一个作家，现实的正确的认识是比艺术的正确的表现更其重要。”而在我，现实的正确的认识和艺术的正确的表现，并没有轻重的分别，因为在艺术里，如果没有艺术的正确的表现也就不会有现实的正确的认识了；艺术，作为一个整体的东西，它是不允许人来部份地讲话的，为了观念的明晰，我们虽然可以说，艺术的构成是经过像现实的认识和艺术的表现这样的步骤，而从一种完成的艺术品里若想抽出那是属于现实认识的部份的，那是属于艺术表现的部份的，将是不可能的事，这正如一种色彩，虽是经两种颜料混合成的，而既经配合之后，还想指示出那是某种颜料的部份，同样是不可能的，但我们却可以说有着怎样混合的颜料的比例的成份是能够产生出怎样不同的色彩。所以徐先生的那譬喻——“有正确的认识而无正确的表现，其毁坏也犹刻鹄不成而类鹜，认识不正确而艺术制作力太高妙，其失败也，则如画虎不成而类狗矣。”——是不适当的。他这意思好像是说，决定艺术的是先有着一种与艺术毫无关系的东西存在着了，他忘却这现实是表示在艺术里的现实的这道理。也许我们对于“艺术的表现”的这名词的看法，还根本是不同的吧。徐先生所以把“艺术的表现”，在艺术中看为次要的地位，我想，他是把这名词的意义解释成艺术制作中的最后的手法了，而我是把它看成除去思想的骨干之外的一切的构想，布景，事件的选择，人物的性格举动或穿插以及思想的具体的表现等等都在内的。所以我之谓“现实的认识”只是理性上的客观的认识，虽然偶尔亦有从具体的现实的事件中获得到认识的部份的，但无论如何，这不能丝毫不加变形就可以原封不动地移到艺术上来。如果有人不承认艺术上的现实的变形的法则，那么徐先生所谓“现实的正确的认识比艺术的正确的表现更其重要”的话，的确是无可争之余地了。论到这一点，我虽然不敢妄自尊大也像徐先生自己那样说他“所把持的是一点平常的道理”，但他对于艺术的法则有所疏忽恐怕也是不可讳言的事吧。

根据以上所设的前提，我们再来观察沙宁和巴札洛夫的例；据徐先生的意见，沙宁因为是社会的地不存在的，所以阿志巴绥夫不能把它写成真实的，而巴札洛夫因为在现实中已经有了他们的“雏形”，所以屠格涅夫能够把他制作成历史上的典型人物。像这样对于艺术作品的人物的观察法，正如从前读《红楼梦》看见黛玉一死宝玉出家于是便恨定了宝钗和凤姐的心理是一样地，已经完全受了作者的欺骗，失掉了客观的鉴别的能力了。

读了《沙宁》，于是便在历史的书页上翻寻有无那样的——一个知识阶级几年不读一页书，在自己的妹妹失恋的当中讲了一大套对于性欲的超人的理论而马上就来热烈地拥抱了她接吻，从情人的军官的手里夺过马鞭打到他羞愧自杀，坐在火车上因为厌恶人类的面孔就跳下车来喘一口大气的——沙宁，这未免有点滑稽吧？若以这同样的看法，《父与子》的巴札洛夫也不能说是"社会的存在的"了，恐怕就连那被称为人类之两种代表的典型的人物堂·吉诃德和汉烈特也将成了艺术家的幻想的果实了吧。所以问题不在沙宁和巴札洛夫是否曾经社会的地存在过，而在，那表现在艺术作品中的沙宁和巴扎洛夫是否有社会的地存在的可能，不是因为沙宁是社会的地不存在而称之为幻想的人物的，也不是因为巴扎洛夫是社会的地存在的而称之为典型人物的。不以艺术人物的变形或象征性法则，而就以社会的地存在与否为论断，那是错误的。因为像沙宁的个体也吧，像巴扎洛夫的个体也吧，以及一切艺术作品的人物的个体也吧，你都不会看到社会的地存在的实例。我再返覆地说，艺术不是这样机械性的东西。

徐先生更残缺地而也不免有些歪曲地引用了我讲《父与子》的那段话——（《父与子》，以其对于现实认识的深邃，）以其艺术表现的正确，使这种雏形渐渐地成长着，俄罗斯社会终归出现了巴札洛夫的类型的人……——于是便论道：“这简直把屠格涅夫说成一个上帝，是他的艺术制作力使俄罗斯社会出现了巴札洛夫!”在这场合，他的论旨已经和我背驰了，我是在讲《父与子》这个艺术品的社会影响的效果，而他还是在讲艺术中的艺术部份的机能。我既承认巴札洛夫是一个“新时代的雏形”，我就能明白这“雏形实已在现实中存在”，我既说屠格涅夫眼光的深邃，我也就能清楚“存在先于思维”，如果雏形不是从现实中提取来的，他又在什么地方呢？如果存在不先于思维，屠格涅夫怎样使用他的深邃的眼光呢？但因此就说《父与子》这艺术品是与其表现的“雏形”的社会的发展毫无关系，而它的成长完全是“社会的客观条件使然”，这是等于那一面虽在谈说着艺术而一面又根本否定了艺术的人的说话一样。当然，社会的客观的条件产生时代的人的这原则，是无法否认的；但在巴札洛夫的这场合，徐先生是忘了艺术在其表现的人型的社会的发展的前途上所给与的规范了。而且当屠格涅夫从现实中提取这雏形并给以表现的时候，我们虽不能否定其已社会的地存在，而其存在之无明显的社会发展的意识，由那书之出版的当时的社会的反响看来，也是不可否认的事实吧。但谁使这雏形得到明显的社会的发展的意识，明显地要求社会存在的权力，不在雏形中夭折，而终归变成了一个实存的巴札洛夫的呢？我们能说《父与子》这部书是与这种人型的社会的发展没有关系么？克洛泡特金在论这书时的那报告，并不是骗人的——“现实使屠格涅夫写成了这书，而这书更扩大地影响了社会。”可是能够先人一步地从那尚未获得明显的社会发展的意识的现实中便提取了雏形，而且给这雏形预定下明显的社会发展的规范的艺术家屠格涅夫，的的确确是在演着预言家的职务了，这话又有什么“可笑的”呢？不只写《父与子》的屠格涅夫是一个预言家，写《沙宁》的阿志巴绥夫也是一个预言家，不过后者是一个不正确的预言家而已。并非我有意要“把预言家这个头衔加到屠格涅夫（或其他俄国作家）的头上去”，实际上近代俄国文学作家中是太多预言家了，而这一点恐怕也正是近代俄国文学的特色之最主要的一点吧。

徐先生很有兴趣地说，我“简直把屠格涅夫说成一个上帝”了，自然，我也不会那样地推崇一个作家，可是同时我也不能像徐先生那般把艺术家看成完全被动的机械的毫无自由意志的人，除去了那么一块现存的原料之外，在艺术领域里的艺术家，当创造人物的时候，是和在宇宙里的上帝没有什么差别的。上帝造人固然是随心之所欲，而艺术家造人却也不能就像一个摄影机。请允许我杜撰一个新的词句，艺术家是他的艺术制作的领域里的上帝！把艺术取用的现实看成了那么一块死东西，艺术家对它毫无办法，只能作一个照相机，真是把艺术家的职务看得太易也看得太低了。因为徐先生对于艺术的认识的程度是这样的，所以他才会问："难道他以为阿志巴绥夫的艺术制作力再高明一点，就可把沙宁变无为有么?"已经认定了这误谬地艺术表现出来的固形的沙宁是社会的地不存在的，纵有上帝的神力，也是枉然吧，然而这前题已经就错了。据我所知，一般文学史家并不完全否定沙宁的类型的人的社会的存在，可是那被阿志巴绥夫表现在艺术里的固形的沙宁，因为先是艺术的地不真实，所以也就不会有社会的地存在的可能了；更明确地讲，《沙宁》的作者对于他制造的人物的认识是错误的，而表现在艺术里给这人物的社会的发展的规范也是错误的，真实的在社会上发展的沙宁是和艺术品里的沙宁走了越离越远的相反的路了。当我讲到沙宁的非真实性的时候，我是说这显示在艺术品里的沙宁的，——按照阿志巴绥夫对于沙宁的人物的认识，对于沙宁的艺术的表现，以及他所预言给沙宁的"应当如此"的设想，沙宁是成了作家的幻想的果实了。反过来，若依从徐先生的机械的看法，凡是社会的地存在的东西，作家总能够把它写成真实的了，而我倒时常看见，或是因为认识的不正确，或是因为表现的不正确，真实的也被写成不真实的了。《沙宁》的作者既是这样的一位作家，那么徐先生也就无需为他辩护，而说："侍桁先生的批评真是苛酷啊!"

但一点我总应当向读者和徐先生道歉——即，我不能直接地读俄文书，根据不甚良好的几种译本，如果对于原作的艺术不能得到充分的认识，而便下了如上的断语，那不止是苛酷，而更可以说是武断了。不过若以其他的俄文学作品的译书比较来看的话，——如果《沙宁》的译本不是一个特殊的例，《沙宁》，作为一本享有世界声誉的名著，它的艺术的制作力，实在是相差得太远了。

覆侍桁先生

侍桁先生：

我的错误的意见，又承你详细指正，不独使我茅塞顿开，即许多研究艺术问题的《自由谈》读者亦受赐多多矣。我早就说过，自己不曾研究文艺，我只是根据一点平凡的道理，来和你讨论。现在在你的指教之下，我很想放弃我的对于艺术的谬见，可是这样一来，就非把那一点平凡的道理根本推翻不可，但这是我所不能的。因此，我只得仍把和尊见“冲突”的谬见保持下去。要是黎烈文先生和一般读者允许把更多的《自由谈》的篇幅让给这问题，那么也许我还可以和先生详细讨论一番，因为经这么一刺激，我已有了研究文艺之志了。然而，在还没有得到这种允许之前，我仍然只能简短地答覆你几句。

我和你的冲突是根本的，这在你这次的文章里说得很简单分明，你说我的意思，好像是说："决定艺术的是先有着一种与艺术毫无关系的东西存在着"，对呀，我确实是这样承认的，而且这"东西"还可以分明地说出来，便是"社会底存在"。而且，这并不是与艺术毫无关系，二者是有着上层构造与基础构造的决定的关系的。据这见解，艺术乃是表现所与的社会的。但据你的意见，则艺术是独立的东西，表现在艺术里的现实是另一种"现实"，与社会的地存在着的现实无关。在我看来，这是一种有点玄妙的唯心的理论。

我不曾说过艺术是现实的"丝毫不加变形原封不动的移用"的话，我也不曾把"艺术的表现"置于"现实的认识"以次的地位。只在你把艺术制作力夸张成上帝的创造力一般的伟大的时候，我曾比较地说过与其偏重艺术的表现倒不如偏重现实的认识的话。"刻鹄""画虎"的比喻，我仍然认为适当的，倘要画虎像虎，刻鹄像鹄，我也以为必须认识与表现同样正确。我的本意，是说明认识与表现的程序不同，我以为认识先于表现，而存在又先于认识，倘无存在，则无从认识，更无从表现了。而你，却像解释"我思，故我在"这标语似的，说："问题不在沙宁和巴札洛夫是否曾经社会的地存在过，而在，那表现在艺术作品中的沙宁和巴札洛夫是否有社会的地存在的可能，不是因为沙宁是社会的地不存在而称之为幻想的人物的，也不是因为巴札洛夫是社会的地存在的而称之为典型人物的。”艺术的表现，能使未必曾经社会的地存在过的人物有社会的地存在的可能，这是我所百思莫得其解的事，除非相信艺术家真是上帝，艺术真是至上的法宝。

你曲解我的观察法之处，也颇不小。譬如关于宝玉，黛玉，吉诃德，汉姆烈特，据我的说法，这些都是社会的地存在过的，但并不一定姓贾或姓林，为骑士，或为王子，其部分的性状，也未必全是如此，不过其主要之点，却代表着一个或许多现实的人物，正唯其如此，故为典型。而你，却相信我是认定曹雪芹，莎士比亚所写的都是信史了。我是愚笨的，但尚未至此。

撇开了对于个人的误会曲解的枝节，到了现在，经过你的一再申说，问题已经水落石出，原来我们的意见是各从不同的立场出发而相“冲突”的。这使我很欣慰，因为这样，我们的讨论才还有点意思。冲突不是一件坏事，只要不是黑夜里不辨彼此自相残杀。现在，你我的论辩，已不是你我两人之事，而涉及了艺术论上两大相反的理论的冲突，也可以说是两大根本原理的冲突了。

这种冲突，不始于今日，问题是实已很旧，而且被阐发得很明白，在大众中间有了定论的了。严格地说来，给与这问题的我们的纸笔和《自由谈》的篇幅，已经有点浪费了。

但是，关于艺术怎样地影响社会这事，尚拟另撰专文请教。

略答徐懋庸先生

懋庸先生：

因为《自由谈》的编者不愿将此问题占去篇幅，看到先生的信就非常为难，有不能不略答一两句的必要。先生牵出唯心论和唯物论的艺术论的分歧，这在我看来全然不是那么一回事。我一再讲的，是想使先生先认识艺术的真实，然后才能讲到社会的真实或历史的真实，这理论的步骤，并非缘于什么唯心论或唯物论的观点的不同。无需远求，那论《铁流》的G·涅拉陀夫，无论如何不能说他是一个唯心论者吧，但他也不能完全抛掉艺术的真实而就《铁流》之历史的真实的，我想所谓唯心论和唯物论的主要的不同之一点，即一在只以艺术的真实为完全的论旨，而一在以艺术的真实作为达到社会的或历史的真实的手段的。如果这样，先生称我为唯心论者，岂不冤哉！至于关于《沙宁》，我们都一致承认它是历史地不真实的，但我是说它之不真实是颇有关于其艺术的不真实。而先生最初就否认这一步，可是最后的这一封信里，先生可又说："我也不曾把艺术的表现置于现实的认识以次的地位"。那么还有什么可争论的呢？

先生指摘我的曲解之处，我还是不能承认，按照先生的那机械的艺术的看法，虽不至于就认定吉诃德必为骑士，汉烈特必为丹麦王子，但对于艺术人物与社会的存在的应合所使用的机械法，其结果仍然脱不掉相等的谬误。

如果先生还一定说我是一个唯心论者，我希望先生能给我以详细的解剖，我也颇愿领教而给自己以修正。但只搬出“决定艺术的”有“社会的存在”的那原则，我是不能佩服的！

我是承认这问题现在已可告一结束，如无新问题的提出，我是决定不再作答，因为要节省《自由谈》的篇幅，请恕我不讲一切的客套。

图书在版编目（CIP）数据

参差集 / 韩侍桁著. — 北京：中国国际广播出版社，2013.1

（良友文学丛书）

ISBN 978-7-5078-3553-3

Ⅰ. ①参…　Ⅱ. ①韩…　Ⅲ. ①中国文学－现代文学－文学评论－文集　Ⅳ. ①I206.6-53

中国版本图书馆CIP数据核字（2012）第265800号

参 差 集

著　　者	韩侍桁
责任编辑	张娟平　张淑卫
版式设计	国广设计室
责任校对	徐秀英
出版发行	中国国际广播出版社（83139469　83139489[传真]）
社　　址	北京复兴门外大街2号（国家广电总局内）
	邮编：100866
网　　址	www.chirp.com.cn
经　　销	新华书店
印　　刷	环球印刷（北京）有限公司
开　　本	620×920　1/16
字　　数	105千字
印　　张	14
版　　次	2013年1月 北京第一版
印　　次	2013年1月 第一次印刷
书　　号	ISBN 978-7-5078-3553-3/I・388
定　　价	42.50元

CRI 中国国际广播出版社　欢迎关注本社新浪官方微博　官方网站 www.chirp.cn

人文阅读与收藏·良友文学丛书

(1)	鲁　迅　编译	竖　琴
(2)	何家槐　著	暧　昧
(3)	巴　金　著	雨
(4)	鲁　迅　编译	一天的工作
(5)	张天翼　著	一　年
(6)	篷　子　著	剪影集
(7)	丁　玲　著	母　亲
(8)	老　舍　著	离　婚
(9)	施蛰存　著	善女人行品
(10)	沈从文　著	记丁玲
	沈从文　著	记丁玲续集
(11)	老　舍　著	赶　集
(12)	陈　铨　著	革命的前一幕
(13)	张天翼　著	移　行
(14)	郑振铎　著	欧行日记
(15)	靳　以　著	虫　蚀
(16)	茅　盾　著	话匣子
(17)	巴　金　著	电
(18)	侍　桁　著	参差集
(19)	丰子恺　著	车箱社会
(20)	凌叔华　著	小哥儿俩
(21)	沈起予　著	残　碑
(22)	巴　金　著	雾
(23)	周作人　著	苦竹杂记　（暂缺）